Chroniques Marseillaises.

SAMUEL BERNARD

ET

JACQUES BOLGARELLY,

HISTOIRE DU TEMPS DE LOUIS XIV;

PAR

M. REY-DUSSUEIL.

TOME PREMIER.

PARIS,

CHARLES GOSSELIN, LIBRAIRE

DE SON ALTESSE ROYALE MONSEIGNEUR LE DUC DE BORDEAUX,

RUE SAINT-GERMAIN-DES-PRÉS, N° 9.

M DCCC XXX.

DE L'IMPRIMERIE DE LACHEVARDIERE.

CHRONIQUES MARSEILLAISES.

SAMUEL BERNARD

ET

JACQUES BORGARELLY.

TOME PREMIER.

IMPRIMERIE DE LACHEVARDIERE,

RUE DU COLOMBIER, N° 30, A PARIS.

SAMUEL BERNARD

ET

JACQUES BORGARELLY,

HISTOIRE DU TEMPS DE LOUIS XIV ;

PAR

M. REY DUSSUEIL.

—

TOME PREMIER.

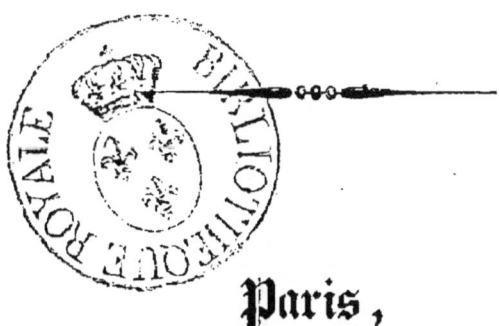

Paris,

CHARLES GOSSELIN, LIBRAIRE

DE SON ALTESSE ROYALE MGR. LE DUC DE BORDEAUX,

RUE SAINT-GERMAIN-DES-PRÉS, N° 9.

M DCCC XXX.

SAMUEL BERNARD

ET

JACQUES BORGARELLY.

HISTOIRE DU TEMPS DE LOUIS XIV.

CHAPITRE PREMIER.

—

L'Incertitude.

Cereus in vitium flecti, monitoribus asper,
Sublimis, cupidusque, et amata relinquere pernix.
HORAT., Ars poet.

« Que l'air est chaud et lourd ! sous
» ce pâle et triste soleil on ne peut pas
» même soupirer après la fraîcheur du
» soir. Les nuits d'été sont aussi acca-
» blantes que les jours.

» J'ai vu leur Versailles avec ses eaux
» factices, son luxe de marbre et de
» bronze, ses arbres peignés comme des
» marquis, et qui semblent pousser dans
» des vases sous l'œil d'un jardinier; du
» haut de la terrasse de Saint-Germain,
» j'ai aperçu une plate campagne tra-
» versée par un sale filet d'eau ; à Mont-
» morency le Maître m'a permis d'en-
» trevoir enfin la nature; là du moins
» il n'a dépensé ni ses fermes ni ses
» gabelles, il n'a pas forcé les châtai-
» gniers à subir une toilette de cour...
» Eh bien ! qu'ai-je vu, qu'ai-je éprouvé
» dans cette vallée? il n'y a ni vie ni
» mouvement. L'air pèse sur vous
» comme une montagne, les nuages
» semblent raser la terre; on éprouve
» presque le désir de les toucher du
» doigt; on sent qu'on le pourrait. Ont-

» ils des aigles dans ce pays ? com-
» ment ce fier oiseau trouverait-il sous
» ce ciel étroit assez d'espace pour son
» vol ? il se croirait en cage.

» Quels arbres ! quel paysage, bon
» Dieu ! ce n'est pas de la verdure. On
» dirait que M. Lebrun s'est amusé à
» peindre leurs campagnes à l'outre-
» mer. Ce n'est pas là qu'on trouverait
» tout un monde sur un pouce de terre
» et dans un rayon de soleil ; vous comp-
» teriez en une heure tous les êtres ani-
» més qui volent ou rampent si pares-
» seusement dans cette longue vallée.
» Oh ! qui me rendra le ciel animé de la
» Provence, ses rochers, ses jardins, ses
» sables, sa mer étincelante ! Qui me
» rendra ces vives extases, cet ineffable
» ravissement où me plongeaient le
» seul bruit de l'air, la seule vue de

» l'eau! Suis-je donc exilé pour toujours
» dans les boues de leur Paris?... »

C'était ainsi que, par une belle soirée d'été, un jeune homme, appuyé
sur l'angle du parapet du Pont-Neuf
qui touche au terre-plein, se livrait à
ses pensées. Son costume plus élé-
gant que riche annonçait qu'il appartenait à la classe du tiers ; son chapeau
était dégarni de plumes, ses souliers
étaient sans rubans : il portait un habit
uni de drap écarlate, un pourpoint de
même couleur et un haut-de-chausses
de velours jaune ciselé. Plusieurs pas-
sants, frappés de sa bonne mine et de
l'air de fierté empreint dans tous ses
traits, s'arrêtaient pour le considérer ;
les uns conjecturaient que c'était un
seigneur déguisé qui était là pour un
rendez-vous d'amour ou d'honneur ;

ils avaient vu une chaise près de là
cour du Palais, c'était assurément la
sienne; d'autres, moins prévenus en
sa faveur, estimaient que c'était un
laquais de bonne maison qui avait
quitté la livrée pour attendre son maître embarqué dans quelque aventure
nocturne. Quand le jeune homme laissait tomber ses regards sur les gens at-
troupés à quelques pas de lui, ceux-ci
s'éloignaient d'un air d'insouciance
affectée; d'autres, mûs à peu près par
le même motif, leur succédaient et se
livraient aux mêmes conjectures. Si le
jeune homme avait pu soupçonner
qu'il était l'objet de tant d'examens,
il aurait porté ailleurs ses pas; mais il
était trop absorbé dans ses réflexions
pour s'en apercevoir, et trop peu curieux lui-même pour soupçonner chez

les autres une telle rage de curiosité.

» Est-ce un bonheur, est-ce un mal-
» heur, » reprit-il, «que de se trouver
» à vingt-trois ans l'arbitre de sa des-
» tinée?... Un malheur! pourquoi? si
» les conseils d'un père ou d'un ami me
» manquent, au moins mes vertus et
» mes vices seront de moi. D'ailleurs,
» de quoi sert l'expérience qu'on n'a
» point acquise? Dites à un enfant qu'il
» va se blesser, il ne le croira qu'après
» avoir souffert de sa blessure. Entre
» la sagesse d'un vieillard et les pas-
» sions d'un jeune homme il n'y a pas
» de lien possible. Les conseils aigrissent
» ou découragent, ils n'éclairent pas.

» Oui bien, mais un père épargne
» long-temps à son fils le souci de pour-
» voir à ses besoins; et me voilà sans
» état, sans fortune, sans amis, jeté,

» perdu dans une ville où je ne connais
» personne, où tout me déplait, m'of-
» fusque, me gêne, jusqu'à la froideur
» et à la politesse de ses habitans, jus-
» qu'à la langue qu'ils parlent, jus-
» qu'au soleil qui les éclaire. Comment
» me faire jour à travers cette cohue?

» En toute chose le plus difficile
» c'est d'oser prendre un parti. Si je
» savais où butter je fermerais les
» yeux, je marcherais en avant et je
» ne perdrais pas mon temps à crier
» gare à ceux qui me voudraient bar-
» rer le passage ; un coup de coude
» ferait l'affaire... Mais que résoudre?

» Entrez au service du roi, me disait
» hier froidement la seule figure pa-
» risienne que je connaisse. Au service
» du roi ! Le traître ! Il est vrai qu'il
» me venait de conseiller de me faire

»laquais. Voilà le peuple de Paris; il
» ne doit pas lui être difficile de. trou-
» ver sa pâtée; tous les moyens lui sont
» bons... Si je ne m'étais pas contenu,
» je crois que je l'aurais étranglé sur
» la place. Moi, laquais! Moi, soldat!...
» J'aurais eu tort : il croit m'aimer, et
» s'il m'insulte, c'est sans le vouloir; au
» moins il n'a pas l'air de me plaindre.

» Oh! si la destinée était juste! c'est
» moi qui serais dans cette riche litière
» qui se dirige vers la cour du Palais.
» Qu'a fait cet homme pour s'y carrer?
» il a recueilli le prix des courbettes
» de son père. Louis-le-Grand aime les
» courbettes, cela le grandit; il peut se
» croire une statue sur un piédestal.
» Louis-le-Grand! dites Louis le qua-
» torzième; on s'est trop hâté de lui
» donner le surnom de Grand. Ah!

»qu'il fera beau le voir dans un revers
»de fortune! c'est alors qu'on pourra
»mesurer sa taille.

»Il est des momens où l'envie me
»prend d'aller en Hollande et d'y
»écrire des pamphlets contre ce grand
»homme de hasard. Tyran de mon
»pays, que sais-tu faire? pas même la
»guerre. Aux jours de ta jeunesse tu
»figurais mieux sur un théâtre qu'au
»passage du Rhin. Dans un bal, du
»moins, tu ne restais pas en place:
»tu entendais mieux le menuet aux
»violons que le menuet aux mousque-
»tades. Aujourd'hui te voilà vieux, in-
»firme, inquiet, soupçonneux; livré
»aux caresses de la veuve de Scarron
»et aux conseils des Jésuites. Il y a une
»justice.

»Soleil d'un jour, je ne suis pas

» ébloui de ton éclat, jusque là que je
» ne t'ose pas regarder fixement. Comp-
» tons ensemble. Qu'es-tu auprès de
» Richelieu ? un autre Mazarin, avec
» un peu plus de vanité, mais sans
» finesse. Tu te vantes d'avoir amené la
» noblesse à briguer la faveur de mon-
» ter dans tes carrosses et l'honneur de
» te servir à table! Richelieu faisait
» mieux, il la nivelait sur le billot. Tu
» as dissipé ton royaume comme un
» étourdi dissipe son patrimoine; les
» rois seront tes usuriers, ils te feront
» payer chèrement tes folies.

» Je me suis pourtant surpris une
» fois à t'estimer. Un soir, je m'étais
» oublié dans les jardins d'Aren; quand
» je voulus regagner mon gîte les portes
» de Marseille étaient déjà fermées. J'a-
» perçus de loin la brèche que tu avais

» faite aux remparts, comme si tu avais
» pris la ville d'assaut, pour y faire ton
» entrée en roi de théâtre; le chemin
» qu'avait tracé Louis-le-Grand me ser-
» vit à retrouver mon lit... mais la mer
» était si calme, la nuit était si belle
» et si pure, que je ne pus me résoudre
» au sommeil; je me jetai dans une bar-
» que, et gagnant l'anse du Pharo, j'allai
» errer sous les murailles de Saint-Ni-
» colas (1). Le bruit lointain des vagues,
» les cris répétés des sentinelles fran-
» çaises qui veillaient comme dans un
» pays ennemi, m'avaient rempli d'émo-
» tion. Une table de marbre éclairée par

(1) C'est une forteresse que Louis XIV fit construire
par Vauban, pour contenir les Marseillais toujours prêts
à se révolter contre le gouvernement français. Elle a été
démolie, en grande partie, au commencement de la *Révolution*.

»la lune qui en faisait briller au loin
»les lettres d'or, vint frapper mes re-
»gards; je m'approche et je lis : « *De*
»*peur que la fidèle Marseille, trop sou-*
»*vent en proie aux criminelles agitations*
»*de quelques uns, ne perdît enfin la ville*
»*et le royaume, ou par la fougue des plus*
»*hardis, ou par une trop grande passion*
»*de la liberté, Louis XIV, roi des Fran-*
»*çais, a pourvu, en construisant cette*
»*citadelle, à la sûreté des grands et du*
»*peuple* (1). Je crus qu'en muselant le
»lion tu avais encore voulu rire de lui.
»J'estime l'homme qui me méprise; il
»faut qu'il soit bien fort!... Mais non,
»cette ironie était loin de ton cœur.

---

(1) Cette inscription avait été tracée en langue latine
sur la première pierre. Il faut croire qu'on l'avait répétée
sur une table de marbre, puisque notre jeune homme dit
l'avoir lue. (*Note de l'éditeur.*)

»Ton inscription disait bonnement ta
»pensée. L'esprit libre et fier des Mar-
»seillais te gênait; tu le voulus contenir
»par une citadelle, comme la serpe
»de tes jardiniers réprime la sève des
»tilleuls de tes parcs. Il te fallait un
»peuple émondé comme tes arbres,
»un royaume tiré au cordeau comme
»tes jardins; tu tyrannises les hommes;
»tu ne les méprises pas, tu les crains !
»et l'on t'appelle Grand !

»Mon parti est pris; j'irai en Hollan-
»de; je vengerai mon pays par mes
»pamphlets... Mais ma plume secon-
»dera-t-elle ma pensée? Suis-je assez
»familiarisé avec leur langue fran-
»çaise pour rendre ces nuances délica-
»tes de l'esprit, ces profondes impres-
»sions de l'âme que la conversation
»donne avec tant de soudaineté, et

»qu'il faut chercher si long-temps lors-
»qu'on veut s'épancher sur le papier?...
»J'ai mis plus de persévérance à ap-
»prendre la moitié de leur langage
»qu'un savant de Rome n'en met à dé-
»chiffrer des inscriptions, et ils di-
»sent que c'est ma langue, que c'est
»celle de mon pays!...

»Je n'écrirai donc pas; mais que je
»voudrais me trouver un jour face à
»face avec ce roi! Il me semble que
»j'aurais assez de courage et d'élo-
»quence pour l'humilier. Je ne sais
»quel pressentiment me dit que je le
»verrai. Un pressentiment! pourquoi
»non? Si je le veux fermement, je le
»verrai; je veux des choses bien autre-
»ment difficiles, et je suis sûr d'y at-
»teindre.

»Me voilà retombé dans le doute!

» me voilà cherchant mon chemin.

» Tous sont bons, je le sais ; mais tous
» me tentent, et je ne me peux pas en-
» gager dans tous. Quelquefois je me
» laisse aller à la fantaisie de croiser
» mes bras, d'opposer aux évènemens
» une telle résistance d'inertie que les
» évènemens soient obligés de me pous-
» ser pour se pousser eux-mêmes ; non
» que je leur veuille laisser tout le soin
» de ma fortune ; le hasard n'a pas tant
» de complaisance ; mais j'aurai l'œil
» au guet et la main prompte à saisir
» l'occasion. Un homme est bien fort
» quand il ne court qu'après un but, et
» je n'en ai qu'un, mais lequel? c'est
» ce que le temps m'apprendra.

» Dans la vie, tout dépend des ren-
» contres. Il ne faut qu'une femme pour
» enchaîner mon avenir. Ici je n'au-

» rai pas ma liberté de choix. Si elle
» est faible et timide, elle amollira mon
» courage; si elle est trop ambitieuse,
» elle me dégoûtera de l'ambition; et
» qu'est-ce au fond que cette ambition
» que les gens timides essaient de flé-
» trir, si ce n'est le sentiment, la con-
» science de sa force? Ce sentiment ne
» va pas aux femmes. Oh! si j'étais
» aussi sûr de mon cœur que je le suis
» de ma tête, si une passion à l'étourdie
» pouvait ne pas s'emparer de moi! je
» chercherais une fille bonne et douce
» qui tempérât l'âpre irritabilité de
» mon caractère sans me faire perdre
» ce puissant ressort des âmes énergi-
» ques; je la voudrais jeune et belle,
» aux yeux bleus, à la taille svelte,
» au doux parler, au doux regard; je
» voudrais que son âme pût se confon-

» dre avec mon âme, qu'une pensée
» commencée dans ma tête pût s'aller
» achever dans la sienne; alors, tou-
» jours sûre de m'entendre, de me de-
» viner, elle n'aurait pas recours à
» toutes ces petites finesses de femme
» qui désolent un cœur un peu bien
» placé. Si je la trouve jamais, puisse
» le ciel nous envoyer à tous deux une
» année de misère; que je la voie
» souffrir sans se plaindre, mais souf-
» frir même de la faim, et je sens que
» j'aurai cette force qui soulève les
» montagnes. Où n'arriverai-je pas avec
» un si puissant mobile! on a eu des
» trônes à moins.

   » Le moment est bien choisi pour
» faire de tels projets! Pauvre aveugle,
» avant d'avoir un bâton je rêve un
» carrosse!... Si l'on me racontait cela

» d'un autre, j'en rirais mon saoûl...
» Je n'ai rien, rien au monde. Quoi!
» rien? et mon indépendance, et ma
» force de volonté? Je m'appartiens,
» j'ai vingt-trois ans, un gîte et cinq
» louis dans ma bourse. Que de sei-
» gneurs sont partis de plus bas!...
» J'aurais voulu voir Louis-le-Grand à
» ma place! il n'aurait pas su assez
» d'orthographe pour être commis; il
» serait laquais d'une douairière à
» l'heure qu'il est. »

~~~~~~

CHAPITRE II.

—

Le Suicide.

Je ne suis pas de ceux qui disent : Ce n'est rien,
C'est une femme qui se noie.
LA FONTAINE.

La foule commençait à s'éclaircir ;
on voyait, à de rares intervalles, passer quelques chaises élégantes qu'es-
cortaient des valets armés de torches ;
les croisées des maisons voisines brillaient de cette lueur incertaine que
jettent les flambeaux lorsque la dernière clarté du jour lutte avec eux de
lumière. Le jeune homme quitta le
parapet, et il se dirigea vers la rive
opposée au faubourg Saint-Germain.

Déjà il allait franchir les marches qui joignent le pont à la rive droite de la Seine, lorsqu'il se sentit tirer par le pan de son habit.

« — Excusez-moi, mon beau Mon-» sieur, » lui dit une jeune fille.

« — Que voulez-vous ? » répondit-il brusquement.

« — Pardon... pardon, » reprit l'enfant toute tremblante. « Si j'avais cru » vous importuner... je ne me serais » pas adressée à vous. »

Le jeune homme avait craint d'abord d'avoir affaire à quelque aventurière. Le ton timide de l'enfant et son air de candeur le dissuadèrent bientôt.

« — Parlez, ma jolie petite ; je vous » écoute, » lui dit-il avec douceur.

« — Mon beau Monsieur, savez-vous » lire ?

» — Si je sais lire !

» — Il ne faut pas vous offenser de
» ma question. Tout le monde n'en est
» pas là, moi la première. Je vous de-
» mande si vous savez lire l'écriture. Je
» me suis adressée, tantôt, à un mon-
» sieur, un Gascon comme vous....

» — Comment ! un gascon comme
» moi ! » s'écria le Marseillais avec colère, car l'épithète de Gascon parait
à ses compatriotes la plus cruelle in-
jure qu'on leur puisse adresser.

» — Hélas ! mon Dieu ! » dit la jeune
fille.... « comme vous vous emportez
» aisément ! Je n'ai pas voulu vous faire
» de la peine.

» — Quand serai-je maitre de mes
» premiers mouvemens !... N'ayez pas
» peur, mon enfant, » dit-il en lui

prenant la main, « voyons : que vou-
» lez-vous ?

» — Faites-moi la grâce de me lire
» l'adresse de cette lettre ; pour moi,
» je ne saurais ; je ne connais bien que
» le moulé.

» —Avec plaisir... *A Monsieur, Mon-*
» *sieur...* » et il hésita un moment.

« — Eh bien ! mon beau Monsieur,
» vous en restez là ! » dit-elle en souriant, « vous qui savez si bien lire !

» — Dejà malicieuse à votre âge !...
» C'est qu'on y voit à peine... Atten-
» dez... à la lueur de cette torche...

» — Voulez-vous que je prie ce la-
» quais de s'approcher ?

» — Il refuserait.

» — Personne ne m'a jamais refu-
» sée... Encore moins un laquais que

» tout autre, » ajouta-t-elle avec fierté ;
« je le vais appeler.

» — C'est inutile. Il va passer près
» de nous.

» —Il se fait bien tard ! » dit l'enfant
en poussant un soupir. « Le voilà ! le
» le voilà ! Monsieur, profitez-en.

» — *A Monsieur Monsieur Samuel*
» *Bernard.*

» — Après ?

» — C'est tout.

» — Quoi ! tout ?

» — Voici le nom. Vous voyez qu'il
» n'y a rien de plus.

» —Mon Dieu, mon Dieu ! comment
» ferai-je pour trouver ma mère ?

» — Ne vous alarmez pas, mon en
» fant. M. Bernard est fort connu...

» — Ah ! que de bien vous me fai-

» tes !... Vous savez donc où il de-
» meure ?

» —Non, je suis étranger; mais
» adressez-vous au premier venu...

» — Hélas ! il fait si noir !... j'ai peur.

» — Qu'est ceci? » pensa le jeune
homme en retombant dans ses premiers soupçons.

« — Monsieur, je vous en prie, je
» vous en conjure... accompagnez-
» moi. » Et en disant ces mots elle s'é-
tait cramponnée au pan de son habit. « Menez-moi vers ma mère ! que
» je retrouve ma mère !

» —Jeune fille, » répondit-il d'un air
froid et en se dégageant, « retournez
» chez vous ; c'est plus prudent ; votre
» mère vous y rejoindra.

» —Chez nous ! » dit l'enfant en baissant la tête.

« — Est-ce que vous en avez oublié
» le chemin ? » demanda-t-il avec ironie.

« — Non, non, Monsieur; mais...
» nous n'avons plus de chez nous. »

Elle prononça ces mots à voix si
basse, avec un tel accent de confusion,
que c'est à peine si le jeune homme
les put entendre.

«—Où donc est sa fierté de tantôt?...»
pensa-t-il; « la petite est bien stylée;
» elle sait plusieurs rôles.

» — Monsieur, » reprit-elle avec
frayeur, « l'horloge des Théatins sonne
» déjà dix heures; toutes les boutiques
» sont fermées.

» — Mademoiselle, quand on est
» peureuse on ne s'expose pas à se
» trouver à dix heures du soir sur le
» Pont-Neuf; cherchez qui vous mène.

1.   2

» —Ah, Monsieur!» cria-t-elle en sanglotant, «ne m'abandonnez pas. Si
»vous aviez une petite sœur, vous vou-
»driez bien qu'il ne lui arrivât pas de
»mal... que quelqu'un lui tendît la
»main... Est-ce que vous voulez être
»le premier qui m'ait refusé quelque
»chose?

» — Que demandez-vous enfin ?» répondit-il avec impatience.

» — Que vous me conduisiez chez
»ce M. Bernard. Est-ce que vous avez
»peur aussi ?» dit-elle en le voyant hé-
siter; «est-ce que vous auriez peur de
»moi?»

Il y avait dans son accent tant de
naturel, un étonnement si naïf, que le
jeune homme se rapprocha involontairement d'elle.

« Et quand ce serait une aventut-

»rière, » pensa-t-il, « qu'ai-je à crain-
»dre ?

» — Monsieur, Monsieur, prenez
»pitié de moi !

» —Dites-moi, mon enfant : quel
»rapport y a-t-il entre M. Samuel Ber-
»nard et votre mère?

» — Je l'ignore.

» — L'avez-vous jamais vu?

» — Je ne le pense pas.

» — Votre mère vous en a-t-elle sou-
»vent parlé?

» — C'est la première fois que j'en-
»tends prononcer son nom.

» — Tout ceci a un air bien mysté-
»rieux !

» — Oh ! rien n'est plus simple. Ce
»soir, quand il nous a fallu sortir de
»chez nous, quand on nous en a chas-
»sées... ma mère m'a dit les larmes

» aux yeux, car elle pleure de tout, ma
» bonne mère !...

» — Heureuse insouciance ! » pensa
le jeune homme.

« — Nanine, prends ce paquet de
» hardes et cette lettre ; va m'attendre
» sur le Pont-Neuf ; si au bout d'une
» heure je ne t'y vais pas rejoindre,
» alors tu te feras lire l'adresse par
» le premier passant... Mais je te rever-
» rai, je te rejoindrai, ma fille, a-t-elle
» ajouté. Et elle me serrait dans ses
» bras, et sa voix s'éteignait dans ses
» larmes.

» — Ainsi vous n'avez plus d'asile ?

» — Hélas ! voilà tout ce qui nous
» reste au monde après l'aide de Dieu, »
dit Nanine en montrant un petit
paquet qu'elle portait sous son bras
gauche.

« — Pauvres femmes ! » murmura le jeune homme ; « et je me plaignais de » mon sort !... Venez, venez, ma » petite, donnez-moi la main : je vous » vais conduire vers votre mère.

» — Ah, Monsieur ! que vous êtes » bon et généreux ! » Et l'enfant passant aussitôt de l'abattement à la joie, s'abandonna à son guide.

« — Quel chemin prendre? je crains » que chaque pas ne nous éloigne du » terme de notre course.

» — Il faut interroger...

» — Monsieur, Monsieur ! » cria-t-il à un homme qui traversait rapidement le pont, « un mot, de grâce. » Mais celui-ci doubla le pas et s'engagea dans l'une des rues qui avoisinent le pont.

« —Au diable soit ta frayeur de bour-» geois ! » dit le jeune homme. « Voici

»venir encore quelqu'un... Qu'avez-
»vous, mon enfant? vous tremblez!...

» — Je ne sais, mais j'ai froid... Je
»me sens quelque chose au cœur qui
»m'étouffe... Oh! tâchez de me faire
»bientôt trouver ma mère.

» — Rassurez-vous: l'homme qui s'a-
»vance n'a pas l'air d'avoir peur: nous
»pourrons prendre langue. Hé! ca-
»marade!...

» — Un moment! tenez-vous à dis-
»tance; je suis en règle ce soir, » répondit le passant.

« — Mais...

» — Je vous dis de ne pas m'appro-
»cher de si près. Je n'ai pas perdu
»l'habitude de passer la nuit dans mon
»lit... je suis un honnête homme, un
»homme connu, entendez-vous?

» — Si pourtant...

» — Oh ! je vous comprends, mon
» sergent, » reprit cet homme d'un ton
qu'il voulait rendre poli ; «c'est parce-
» que je marche un peu de travers...
» que voulez-vous ? La nuit est si noire
» et le pont est si étroit ! On dirait que
» les deux parapets jouent de moi
» comme d'une balle ; ils se renvoient
» mon individu... mais ce n'est rien,
» mon sergent. Vous voyez que je sais
» bien que je suis sur un pont, que
» je reconnais la rivière, que la voilà...
» Je me vais aller coucher en droite
» ligne.

» — Allons ! je n'en rencontre qu'un,
» et c'est un ivrogne !

» — Ivrogne ! ha ! mon sergent, pour
» un sergent d'esprit, vous n'êtes guère
» honnête, révérence gardée. Ivrogne !
» moi ! hier je l'étais, j'en conviens ;

»mais ce soir... tenez, je me suis fait
»faire un chiffon de papier par le
»cabaretier de l'apport Vaugirard,
»à l'enseigne du Cygne de la Croix...
»nous étions six profès, et nous n'a-
»vons pas bu... bah! qu'est-ce que
»je dis? pas même la moitié... pas le
»quart, quoi!... mais je ne trouve pas
»ce maudit cabaretier de chiffon...

    »— C'est inutile.

    »— Non, mon sergent; c'est afin
»que vous soyez sûr des choses.

    »— Au diable!

    »— Est-ce plus près que mon gale-
»tas, mon sergent?

    »— Eh! je ne suis pas sergent.

    »— Vous n'êtes pas le guet? il fallait
»donc le dire tout de suite; on n'arrête
»pas comme ça un honnête homme,

»un homme connu...» Et il se mit à
chanter d'une voix avinée :

> »Pour moi, jusqu'à ce que je meure
> »Je veux que le vin blanc demeure
> »Avec le clairet dans mon corps,
> »Pourvu que la paix les assemble;
> »Car je les jetterai dehors
> »S'ils ne s'accordent pas ensemble (1).

» Ah ! vous n'êtes pas le guet, mon
» sergent! Qu'est-ce que vous tenez donc
» à la main?... c'est une demoiselle...
» A revoir, les amours !

» —Monsieur, Monsieur, demandez-
» lui...

» — Quel éclaircissement en puis-je
» attendre? Ohé! camarade? rendez-
» moi un service.

» — Volontiers, pourvu que vous me

---

(1) Ce couplet est emprunté à une chanson de Malle-
ville.   (*Éd.*)

»disiez où je vais... je ne crois pas
» que ce soit dans la rivière, et pour-
» tant je me trouve toujours sur des
» ponts, sur des... bah!

» — Connaissez-vous M. Samuel Ber-
» nard?

» — Si je connais M. Bernard!...
» Ah! çà, dites donc, l'ami, est-ce que
» vous voulez vous gausser de nous? Si
» j'avais le temps, et si vous n'étiez pas
» Gascon...

» — Passe ton chemin, ivrogne, » dit
le Marseillais avec emportement.

» — Que je passe mon chemin! je
» le passerai si je veux, entends-tu,
» mon petit gentilhomme périgourdin.
» Es-tu le guet pour faire la police sur
» le pavé du roi? Passe-le toi-même,
» avec tes jambes rouillées comme
» l'épée d'un maltôtier.

» — Ne vous emportez pas, au nom
» du ciel, » dit l'enfant à son guide.
« Mon bon Monsieur, » poursuivit-elle,
« savez-vous où demeure M. Bernard?

» — Oui, ma belle demoiselle, » répondit l'ivrogne en imitant la voix
douce de l'enfant; « vous le trouverez
» à toute heure du jour et de la nuit
» sur les quais.

» — Mais à quoi le reconnaître?...

» — Bah! rien qu'à sa mine : cinq
» pieds huit pouces, un habit galonné,
» une queue toujours poudrée à neuf...
» tout le monde connaît ça; on dirait
» qu'il a écrit sur son chapeau: C'est moi
» qui suis Bernard, le beau raccoleur.

» — Hélas! » s'écria l'enfant, « ce ne
» peut pas être lui.

» — Je n'en ai pas eu un seul mo-
» ment l'espoir.

» —C'est lui, c'est bien lui : je dois le
» connaître, puisqu'après m'avoir dé-
» bauché mes deux frères, il me vou-
» lait empaumer aussi ; mais, ouiche !
» il ne m'aura jamais... Il n'y a qu'un
» Bernard à Paris ; que fait le vôtre ?

» — C'est un financier, » répondit
le jeune homme.

» — Un financier ! et vous êtes en
» peine de le joindre ! Allez sur la place
» de l'Hôtel-de-Ville ; si vous l'y trouvez
» pendu, venez me le dire, ça me fera
» plaisir ; je boirai deux coups de plus
» à ma santé. » Et l'ivrogne se mit à
pousser de grands éclats de rire. « Holà!
» les amours ! vous partez ! » poursuivit-
il, « vous partez sans m'avoir dit où je
» vais. Est-ce qu'il y a de la justice ?...
» Ohé ! signor cadédis... mon petit Pé-
» rigourdin... si je te rattrape jamais,

» je te baiserai la joue avec mon poing,
» brutal... malhonnête !...»

Mais autant en emportait le vent,
car le jeune homme était déjà trop
loin pour l'entendre.

« — Mon enfant, vous avez peine à
» me suivre ; voulez vous que je ralen-
» tisse le pas?

» — Oh! non, non, marchons tou-
» jours, marchons plus vite encore.

» — Par malheur nous marchons à
» l'aventure. Écoutez ; je ne vois aucun
» moyen de joindre votre mère : venez
» chez moi ; demain au point du jour.»

» — Hélas ! » dit l'enfant en fondant
en larmes, «elle m'attend ! elle souffre
» autant que moi...

» — Les quais sont déserts... les mai-
» sons sont sans lumière...

» — Là-bas, sur la grève, devant
» le collége des Quatre-Nations, je crois
» voir du monde.

» — Tentons encore, » dit le jeune
homme. « Il y a bien du mystère dans
» ceci, » pensa-t-il; « serait-ce un enfant
» abandonné?... Je le voudrais. Je ne
» sais quoi me dit que ma destinée est
» liée à celle de cette fille... C'est peut-
» être celle que je cherchais tantôt dans
» mon rêve... Bon! quelle folie! si j'at-
» tache de l'importance aux évènemens
» les plus ordinaires, si je m'obstine
» à y voir des rapports secrets, un effet
» constant de la prédestination, je n'au-
» rai jamais que des idées fausses sur la
» vie... Cette fille cherche sa mère, elle
» s'adresse à moi, quoi de plus simple?

» —Monsieur, Monsieur, » dit Nanine
en se serrant à son guide, « entendez-

» vous ces cris ? voyez-vous ces hommes
» qui courent vers la rivière ?

» — Arrêtez, arrêtez !

» — Courez après elle !

» — Arrêtez-la !

» — Où est-elle ?

» — Là, là !

» — Il n'est plus temps. »

Alors on entendit un bruit sourd qui
avait quelque chose de sinistre ; puis
mille bruits de mille gouttes d'eau qui
retombaient à divers intervalles et à diverses distances. Le jeune homme s'a-
chemina aussitôt vers la rivière. Cinq
ou six hommes observaient le courant
et s'interrogeaient l'un l'autre en donnant à peine quelques signes d'émotion.

» — Est-elle jeune ou vieille ?

» — Je n'ai pas eu le temps de la

»voir : elle courait avec tant de vi-
»tesse !

»— A-t-elle dit quelque chose?

»— Elle murmurait des mots sans
»suite ; elle disait : Ma fille...

»— Comme la malheureuse doit
»souffrir !

»— Que se passe-t-il ? » demanda le
jeune homme en arrivant.

»— C'est une femme qui se noie, »
répondit un spectateur.

»— Et vous restez là si tranquil·
»les !

»— Le reproche est bon! vous en
»faites bien autant!

»— De quel côté s'est-elle jetée? »
demanda le jeune homme en ôtant
son habit.

»— Par là.

»— Oh ! si la lune pouvait m'éclai-

» rer un moment!.. mais la nuit est si
» noire ! On dirait que le ciel veut se
» rendre complice du suicide !

» — Vous y allez, Monsieur?...

» — Entendez-vous quelque bruit ?»
demanda le jeune homme en achevant
de se déshabiller.

» — Oh! pas encore ; c'est trop tôt.
» Il faut qu'elle aille d'abord au fond ;
» puis elle ressortira en se débattant. Ce
» sera le bon moment pour la repêcher;
» au second coup elle ne fera que pa-
» raître et disparaître ; et puis son
» compte sera fini.

» — Quelles gens ! » pensa le jeune
homme.

« — C'est une belle action que vous
» faites là » dit un autre ; « mais je vous
» dois avertir qu'après cinq ou six

» brassées vous trouverez un mauvais
» courant. Faites-en votre profit.

» — Est-ce que vous allez abandon-
» ner votre pauvre Nanine? » dit l'enfant.

» — Non, non, ma petite. Messieurs,
» je vous la confie. Si je... ne reviens
» pas, servez-lui de guide.

» — Nous vous le promettons.

» — Grand Dieu ! » s'écria la jeune
fille, « il va mourir ! ne le laissez pas
» aller. » Et elle se précipita sur lui pour
le retenir ; mais le jeune homme avait
déjà, selon l'usage marseillais, fait le
signe de la croix, et il s'était lancé à
l'eau. La pauvre enfant se répandit en
cris douloureux.

» — Antoine, » dit l'un des specta-
teurs, « il serait vraiment fâcheux que
» ce brave garçon restât là-bas. Tâche

»de te procurer un fallot! la clarté lui
»fera plaisir; il n'y a rien qui encou-
»rage, dans le danger, comme de croire
»que le secours va venir.

» — Tu as raison, j'y vais.

» — Hé, notre ami!» cria le premier
spectateur, «prenez garde au courant;
»battez toujours à droite. Si vous la re-
»trouvez, plongez les bras tendus, et en
»la ramenant tenez les jambes à fleur
»d'eau, de peur qu'elle ne s'y accro-
»che.

» — Ne vous laissez pas saisir par
»elle, cria un autre. «Si elle se cram-
»ponne à vous, donnez-lui un coup de
»genou dans l'estomac. Il n'y a que
»cela pour se faire lâcher... »

Mais le jeune homme, tout entier à
sa périlleuse entreprise, n'écoutait rien
de ces avis. Il nageait au hasard, sans

savoir de quel côté se diriger ; il prêtait
au moindre bruit une oreille attentive,
et il n'entendait que le bruit de l'eau
que fatiguaient ses mains. Le danger
qu'il courait, la sombre obscurité de
la nuit, le long silence qui régnait sur
le fleuve, n'avaient aucune prise sur son
âme. En ce moment extrême, sa pensée venait toute du cœur, elle était
toute d'émotion. Il semblait que toutes
les puissances de son esprit n'auraient
pas pu concevoir d'autre idée que celle
d'une femme qui se mourait et qu'il
fallait sauver.

« — Ah ! » pensa-t-il, « si mon œil
» pouvait plonger dans ce gouffre ! mon
» bras aurait assez de force pour la sous-
» traire à son agonie. Elle est là... sous
» moi, peut-être !... et je la cherche en
» vain !... chaque minute est un siècle...

» Où es-tu ? où es-tu, malheureuse ? s'il
» te reste encore un souffle de vie, fais
» un effort suprême, débats-toi encore
» un moment contre la mort. »

Tandis qu'il délibère, ses mains
distraites ne battent que mollement
l'eau rebelle; son corps flotte au caprice du fleuve, et il tombe dans le
courant. C'est un nageur hardi et
expérimenté; vingt fois on l'a vu à
Marseille s'élancer de la pointe du
Pharo et gagner d'un trait l'île du Châ-
teau-d'If (1); mais si l'on ne l'a pas soi-
même éprouvé, l'on ne saurait concevoir la différence qui existe entre l'eau
molle et perfide des rivières, et les lar-
ges et puissantes eaux de la mer. Pour
celui qui est habitué à se confier aux

(1) Le trajet est de plus d'une lieue.

vagues de l'Océan, tout est péril dans
un fleuve. Il lui semble que son corps
est devenu plus pesant qu'une masse de
plomb, il lui semble que l'eau ne le
peut pas soutenir, et qu'il va s'abîmer
dans le gouffre. Alors il multiplie ses
mouvemens pour se tenir à la surface,
et la fatigue a bientôt épuisé ses forces.
Si, en de tels momens, il est saisi
par un courant rapide, sa perte est
presque inévitable.

Telle était la position du jeune
homme. Revenu d'un premier étourdissement, il rappela tous ses esprits
et tout son courage pour se tirer de cet
horrible pas; mais le tourbillon l'en-
traînait avec tant de violence que tous
ses efforts pour y résister étaient vains.
Alors il songea un moment à ses belles
illusions, à son bonheur passé, aux

longs jours qui, tantôt encore, lui semblaient promis; il sentit tout son sang
se retirer vers son cœur, et fermant les
yeux pour s'étourdir sur son danger,
il s'abandonna, vaincu, à son terrible
ennemi.

~~~~~~

CHAPITRE III.

—

Le Secours.

...... Venienti occurrite morti.
PERSE.

«— Arrive, Antoine ! » dit l'un des hommes qui étaient restés sur la rive, » j'ai cru que tu allumais ton fallot » aux étoiles.

» — Il faut le temps à tout, maître » Pierre Lantivy, » répondit Antoine.

» — Tu t'es donc amusé en route ? » musard damné ! c'était bien mal pren- » dre son moment.

» — Pourquoi cela ? la vie est-elle si » gaie que l'on puisse renvoyer au len-

» demain l'occasion de se divertir ?
» dans le métier que nous faisons on
» n'est jamais sûr de respirer le grand
» air plus d'une minute.

» —Bon! » reprit Lantivy avec une insouciance affectée, « on dit que l'air de
» Provence est le plus pur du monde;
» ramer sur mer ou mourir de faim à
» Paris, ne voilà-t-il pas un beau champ
» ouvert aux préférences? l'envie me
» prend quelquefois d'aller à Marseille
» pour goûter aux fèves de M. Desmarest.

» — Oui, mais ce bon M. Desmarest,
» avant de donner sa pâtée au gibier
» du Roi a soin de le faire marquer en
» place de Grève, de peur qu'il ne s'é-
» chappe de la garenne. Je ne me
» soucie pas de ressembler aux mou-
» tons du Berry; à ce prix les fèves sont
» trop chères.

» —.Nous en mangerons pourtant.

» — C'est à savoir : il y a des grâces
» d'état ; un bon arrivage nous peut
» tous enrichir en une nuit.

» — Compte là-dessus comme sur les
» souliers d'un mort.

» — Et puis, » dit un homme de la
bande, « quand on serait pris par la
» gabelle, est-ce une raison pour qu'on
» aille noircir sa peau au soleil de Pro-
» vence ? le Châtelet a les bras longs,
» mais je connais des gens qui les ont
» plus longs encore.

» — Et qui donc, maître Jean Mollet?

» — Voilà mon secret, et je ne t'en
» dirai qu'une partie : apprends, maître
» Lantivy, que mon père, Dieu veuille
» avoir son âme, était du métier, et qu'il
» aurait été notre maître à tous ; il vous

»eût fait passer un millier pesant de
»fraude entre les jambes d'un gabelou.

»— Croyez au proverbe : Bon sang
»ne peut pas mentir ! » dit Lantivy en
riant.

«—Il fut condamné cinq fois, et cinq
»fois le cardinal Mazarin le couvrit de sa
»robe rouge. Comment ? tu t'en doutes ;
»pourquoi ? tu ne le saurais que si tu
»le devinais, et tu ne le devineras pas.

»— Oh, oh ! l'ami Jean Mollet, tu
»comptes sur le crédit du Mazarin ! il
»peut donc encore quelque chose en
»ce bas monde ? j'irai demain le dé-
»noncer au Parlement : et en avant les
»vieux frondeurs !

»— J'ai encore la pique de mon
»père, » dit Antoine en riant, « elle a
»servi à trois guerres civiles ; je la vais
»dérouiller.

» — Eh ! non, » reprit Lantivy, « fais
» graver sur le bois le commandement
» de Dieu : *Homicide point ne seras.*
» C'est aujourd'hui la devise du bour-
» geois.

» — Dis donc, Lantivy, » poursuivit
Antoine, « tu ne devines pas le secret
» de Jean Mollet ? n'as-tu jamais remar-
» qué à Saint-Germain-l'Auxerrois, près
» de la grande nef, une dalle plus usée
» que les autres ? c'est Antoine qui l'a
» creusée avec ses genoux. Quand il
» gagne un écu sur les droits du roi il
» ne manque pas d'en porter la moitié
» au curé pour faire dire trois messes ;
» voilà toute son affaire.

» — Et tu en restes là !... » s'écria Lantivy en frappant Jean Mollet sur l'é-
paule ; « tu n'as donc point d'ambition
» au cœur ? Si mes genoux étaient aussi

» souples que les tiens, je voudrais ar-
» river à tout; la Maintenon n'aurait
» rien à me refuser : il y a, à Saint-Cyr,
» des places pour tous les cafards.

» — Lantivy en veut toujours furieu-
» sement à la Maintenon.

» — Ce n'est pas sans motif, » dit Antoine d'un air goguenard, « elle lui a
» fait perdre un emploi superbe. Quand
» on a été, comme lui, valet dans la
» meute du Roi, il est dur d'être obligé
» de gagner son pain à la sueur de son
» front.

» —Bah ! « répondit Lantivy, » l'indé-
» pendance vaut mieux que le pain du
» Roi.

» —C'est vrai, » dit Jean Mollet, « l'in-
» dépendance ne donne pas d'indiges-
» tion.

» —Au reste, » reprit Antoine, « Lan-

» tivy avoue bien qu'on l'a chassé de
» la meute, mais il est trop discret pour
» en dire la raison.

» — Il caressait peut-être un peu
» bien souvent du bout de son fouet
» les bassets de Sa Majesté, » observa
Jean Mollet.

» — Nenni, nenni, il caressait tout
» autre chose : monsieur voulait faire
» le roi, il voulait peupler Saint-Ger-
» main de ses bâtards. Un soir, on le
» surprit dans les écuries... »

En ce moment la jeune fille, qui
était restée étrangère à leur conversation, poussa un soupir.

» — Paix ! » dit Lantivy : « tu devrais
» rougir de tenir de tels propos devant
» cette innocente.

» — Qui pensait à elle ? » répondit Antoine.

«— Sainte Vierge, » dit Nanine en joignant ses mains, «protégez-le, veillez »sur lui!

» Diable! »s'écria Lantivy, «j'allais »l'oublier : et notre ami? ce jeune »homme qui s'est si bravement jeté à »la rivière?... Entends-tu quelque »chose, Antoine?

» — Je n'entends que le fil de l'eau.

» — Le malheureux se sera laissé en-»traîner par le courant.

» — Tant pis pour lui, nous l'avions »averti.

» —Donne, »dit Lantivy en arrachant brusquement le fallot des mains d'An-toine, «il y a des momens où tu as le »cœur plus dur qu'un pavé...Hé! Mon-»sieur, Monsieur! » cria-t-il de toute la force de ses poumons, «où êtes-»vous? » Il se baissa alors pour prêter

une oreille plus attentive ; mais n'en-
tendant rien, il dit, en poussant un
jurement terrible : « Il est perdu !

« —Perdu ! » s'écria Nanine plus morte
que vive, « secourez-le, secourez-le...
» J'embrasse vos genoux... Oh ! si j'étais
» homme...

« —Il n'y a plus que ce moyen, » reprit
Lantivy en élevant le fallot au-dessus
de sa tête ; « s'il a eu le bonheur de se
» tenir sur l'eau, il verra la lumière, et
» à son premier cri nous irons à son
» aide.

» — Baisse donc ce fallot ! » dit Jean
Mollet ; « nous veux-tu faire prendre
» par les gabelous ?

» —Jean Mollet, il s'agit de la vie d'un
» brave homme.

» — Baisse ce fallot, te dis-je.

» — Si tu as le malheur d'y tou-
» cher...!

» — Il ne sera content que lorsqu'il
» nous aura tous envoyés dormir sur la
» paille du Châtelet.

» — Camarade! » cria Lantivy, « bat-
» tez ferme; par ici! par ici! »

Ce dernier cri parvint aux oreilles
du jeune homme et le tira de l'assoupissement fatal où il était plongé.
Jusque là il avait fait, d'instinct, de
faibles mouvemens pour se tenir à la
surface et ne pas dériver avec trop de
vitesse; alors l'amour de la vie se réveilla plus puissant dans son âme, et,
réunissant toutes ses forces, il essaya
de gagner le milieu du fleuve. Tout-à-
coup, sous le bruit clair et distinct du
courant, il entend un bruit vague et
sourd, un frémissement de l'eau agitée

dans les profondeurs de son lit. Il ac-
cueille l'espérance de sauver la malheureuse qu'il cherche, avec plus de
joie qu'il n'aurait accueilli la certitude
de son propre salut; et, sans délibérer,
il s'enfonce hardiment dans le gouffre.

Qu'éprouva-t-il dans ces sombres
abîmes? Lui-même, échappé à tant
de périls et remis de tant de fatigues,
ne l'aurait pas pu dire. Les sensations
trop fortes ne laissent qu'un souvenir
confus, qu'une trace indécise. Il est
des momens où l'âme succombe sous
le poids de ses propres impressions;
c'est presque un nouveau sens moral,
inaperçu jusqu'alors, qui agit, et
lorsque l'esprit délivré de ces violentes
secousses, retourne à son état de calme,
ce sens disparaît et semble fuir sans
rien transmettre à la pensée, que le

moment qui l'a précédé et le moment
qui le suit.

Quand le jeune homme revint à lui,
son cœur battait de joie, et ses mains
vigoureuses saisissaient quelque chose
d'un poids étrange : c'était un cadavre.
Par un brusque mouvement, il ra-
mena vers le lit du fleuve ses deux pieds
qui s'agitaient au-dessus de sa tête, et il
essaya de remonter à fleur d'eau. Ses
efforts furent tout-à-coup paralysés, et
il se sentit entrainé au fond du gouffre
par un convulsif et invincible embras-
sement. Sa première pensée, rapide
comme l'éclair, fut toute à la joie ; il
comprit qu'il y avait encore de la vie
dans ce cadavre ; mais bientôt le sentiment du danger qu'il courait prit le
dessus ; et après une longue et pénible
lutte, il saisit cette malheureuse à la

gorge, et la serra avec tant de vigueur qu'il parvint à lui faire lâcher prise. Alors il remonta un moment vers l'air pour reprendre haleine, puis il plongea de nouveau, et gagna en peu d'instans, avec sa proie, ce rivage que deux fois il avait désespéré de revoir.

«— Antoine,» dit Lantivy, «n'as-tu pas entendu, là bas, sur la rive, comme le bruit d'un homme qui sort de l'eau?

»— Sur ma foi,» répondit Antoine, «je n'ai pas encore appris à distinguer le bruit d'un homme de celui d'un chien.

»— Ne parle pas ainsi,» reprit Lantivy avec humeur, «je serais forcé de te retirer mon estime; tu te veux faire plus méchant que tu n'es.

» —- En vérité, » dit Jean Mollet, « on
» ne sait quelle mouche le pique.

« — Je ne vous parle pas, » repartit
sèchement Lantivy.

» — Non, mais je vous le demande,
» à quoi perdons-nous notre temps ? Il
» y a plus d'une heure que nous de-
» vrions être à l'île des Cygnes, et nous
» restons les bras croisés à contempler
» les étoiles. Quand une veille ne vous
» doit pas rapporter de l'argent, on ne
» saurait mieux employer sa nuit qu'à
» dormir.

» — Quoi ! pas même à faire une
» bonne action, une action de Chré-
tien ?» demanda Lantivy en insistant sur
ce mot avec une intention marquée.

« — Dieu a fait la nuit pour le som-
» meil, » répondit Jean Mollet d'un air
demi railleur, demi béat.

«— Et le diable a fait les bigots pour
» dégoûter de Dieu.

» — Allons, allons, Lantivy, ne te
» fâche pas, » dit Antoine. « Jean Mollet
» a quelque raison dans son dire.

«— Assurément j'ai raison, » dit celui-ci en élevant la voix; « Lantivy le
» peut prendre à son aise : il est garçon;
» mais j'ai une femme et quatre enfans
» à nourrir, moi, et une nuit passée
» sans profit fait perdre la journée du
» lendemain...Ce n'est pas l'embarras, »
reprit-il avec un demi-sourire, « si l'on
» voulait... les hardes que ce fou a lais-
» sées vaudraient bien deux louis sous
» les Piliers des halles.

» —Qu'est-ce que tu dis ? » demanda
Lantivy à demi-voix en s'avançant
vers lui d'un pas nonchalant et en
balançant ses deux poings.

«—Rien, » poursuivit Jean Mollet
d'un air insouciant ; « je calcule que
» deux louis partagés entre six hommes
» comme nous feraient près de quatre
» livres pour chacun (1). Ce serait une
» bonne nuit.

» —Si tu fais mine d'y toucher ! » s'é-
cria Lantivy en mettant un pied sur
les hardes du jeune homme ; « vois-tu
» ce poing ?

» — Est-ce une habitude que tu as
» prise dans la meute du Roi , que d'a-
» boyer si vite ? » dit Jean Mollet en re-
culant prudemment de quelques pas.

«—Je ne suis pas content de toi, Lan-
» tivy, » dit Antoine ; « il n'est pas bien
» de chercher querelle à un camarade...

(1) Le louis d'alors n'avait pas la même valeur que le
nôtre. (*Éd.*)

» En vérité, je t'admire ! tu aurais vu
» tranquillement cette femme périr sans
» lui tendre le bout de ton petit doigt,
» et voilà maintenant que la tête te
» tourne pour cet étranger.

» —C'est que j'aime les gens de cœur...
» Paix, paix ! on crie à l'aide. C'est lui !
» il est sauvé.

» — Ah ! par pitié, ne vous trompez
» pas , » s'écria Nanine.

« — Antoine, ramasse ces habits et
» suis-moi. »

Il prit alors la jeune fille dans ses
bras et se mit à courir sur la rive. Tous
ses camarades le suivirent, et ils par-
vinrent en peu d'instants à l'endroit
d'où partaient les cris.

Un douloureux spectacle s'offrit à
leurs regards. A la lueur douteuse du
fallot, ils virent une femme aux bras

du jeune homme qui semblait succomber sous ce triste fardeau. L'eau ruisselait de ses longs cheveux épars ; ses yeux presque éteints étaient ouverts et fixes ; de sa bouche contractée sortaient des flots d'écume ; ses traits livides n'offraient rien de cette beauté indéfinissable qui semble particulière à la mort, de cette beauté calme et solennelle qui efface sur un cadavre jusqu'aux derniers vestiges des maux qu'il a soufferts pour sortir de la vie ; on voyait qu'elle était belle, mais en ce moment la vue se détournait avec effroi de ce visage tourmenté par des douleurs atroces, de ce corps dont une hideuse enflure avait détruit les proportions. Un cri d'horreur, de dégoût, de pitié, sortit de toutes les bouches.

I. 3.

«— Vous avez bien agi, Monsieur,»
dit vivement Lantivy; « si je n'étais pas
» un pauvre ouvrier, je vous demande-
» rais votre amitié. Une chose me con-
» sole, c'est que vous ne me pouvez pas
» empêcher de vous aimer... Vous souf-
» frez! » ajouta-t-il d'un air d'intérêt; « quels secours vous puis-je don-
» ner?

» — Elle, elle! » répondit le jeune
homme d'une voix éteinte.

«—Est-ce qu'il en est encore temps?»
dit Lantivy; et, mettant un genou
en terre, il posa sa main sur le cœur
de cette femme. « Je ne sens rien,»
ajouta-t-il. « La vie est partie... Qu'a-
» vez-vous, jeune fille? Vous détour-
» nez la tête!... vous avez raison: les
» femmes n'ont pas besoin de se fami-
» liariser avec la mort.

» — Pourquoi cela? » dit Jean Mollet;
« ce spectacle n'a rien qui doive ef-
» frayer une Chrétienne? Venez, venez,
» mon enfant, » ajouta-t-il en lui prenant la main.

« — Ah! Monsieur, Monsieur !... »
dit Nanine en résistant.

« — Ne tourmentez pas cet enfant, »
dit le jeune homme.

« — Jean Mollet! » cria Lantivy d'une
voix de tonnerre, « cette nuit finira mal
» pour toi.

» — C'était pour son bien ce que j'en
» voulais faire, » répondit Jean Mollet
d'un ton doucereux. « Allons, allons,
» Mam'selle, n'ayez pas peur; puisque
» vous ne le voulez pas absolument, je
» vous laisse. »

En disant ces mots il feignit de lâcher la jeune fille, qui ne se défiait plus

de lui ; mais il la poussa brusquement
et la fit tomber sur le cadavre.

« —C'est une horreur ! » dit Lantivy.
» Es-tu un tigre, pour prendre tant de
» plaisir au mal ? »

Il dit ; et pour aider l'enfant à se re-
lever, il posa son fallot sur le cadavre.
Le visage de cette femme, qui jusqu'a-
lors était resté dans une demi-obcurité
fut illuminé soudainement.

« —Venez, venez, Mademoiselle , »
dit Lantivy en prenant la jeune fille
par la main .

Mais Nanine le repoussa ; et se précipitant sur le cadavre, qu'elle baigna
de ses larmes, elle s'écria :

» — Ma mère ! ma mère !

» — Sa mère ! » dit le jeune homme.

« — Je le savais bien , » murmura
Jean Mollet en réprimant un mouve-

ment de plaisir ; « ça devait finir par là.

« —A l'œuvre, à l'œuvre ! » dit Lantivy.

« — Tâchons de rappeler la vie dans ce corps. Pendons-le par les pieds.

« — Oh ! non, non, ne me la touchez pas ! » cria Nanine tout en pleurs. Ne lui faites pas de mal.

« — Jeune fille , » dit Lantivy, « fiez-vous à moi.

« — Ma mère ! ma pauvre mère ! » s'écria l'enfant en pressant le cadavre dans ses faibles bras , comme pour empêcher qu'on ne le lui ravît ; mais on parvint aisément à l'en séparer.

« — La crise commence à se déclarer , » dit un homme de la bande qui venait d'aider Lantivy à porter à la mourante ce secours si violent et presque toujours si funeste aux malheureux dont il prolonge les souffrances sans

les rappeler à la vie. « Plus les con-
» vulsions sont fortes, moins elles du-
» reront. Je m'y connais; j'ai presque
» autant pendu de Chrétiens par les
» pieds, que le bourreau en a pendu
» par la tête.

» — Soufflez là-dedans comme dans
un bœuf! » dit Jean Mollet avec un sourire infernal.

» — Coupez la corde!... Laissez ma
» mère, ma bonne mère! Elle souffre
» trop, » criait Nanine en sanglotant.

« — Que la peste m'étouffe si j'au-
» rais jamais cru qu'il y eût encore un
» souffle de vie dans cette masse de
» chair et d'eau, observa Antoine; elle se
» défend vaillamment contre la mort.

» — Bon! » dit Jean Mollet d'un air
fâché, « ces femmes-là ont l'âme clouée
» au ventre.

» —Il n'y a plus de danger! il n'y
» a plus de danger! » s'écria Lantivy en
serrant le jeune homme dans ses bras.

« — Que de mal et que de bien! »
dit Nanine en appuyant les deux
mains sur son cœur, comme si elle
avait craint qu'il ne se brisât de
joie.

« — Monsieur, où la faut-il con-
» duire?

» — Chez moi, » répondit le jeune
homme.

» — A mon aide, Antoine, » dit
Lantivy. « Prends-la par les épaules...
» Tu hésites!

» — Écoute donc, je ne me soucie
» pas d'aller donner tête baissée comme
» un hanneton dans une troupe de ga-
» belous; ils parviendraient à prouver
» devant le Châtelet, qu'un cadavre

»de noyé est un objet de contre-
»bande.

» —Certainement,» dit Jean Mollet,
» il n'est pas prudent de montrer nos
» visages à ces gens-là.

» — Venez, mon brave, » reprit le
jeune homme; « à nous deux.

» — Y pensez-vous? c'est tout au
» plus si vous pouvez vous traîner.

» —Un louis, » dit en fouillant dans
sa bourse le jeune homme qui ache-
vait de se vêtir. « Je donne un louis à
» qui nous voudra donner un coup de
» main.

» —Un louis! » dit Jean Mollet. « Ainsi
» notre veille n'aura pas été perdue!...
» Demeurez-vous bien loin, mon gen-
» tilhomme?

» —Je ne suis pas gentilhomme, »
répondit brusquement le jeune hom-

me, « et si je l'étais, je ne le voudrais
» pas être.

» —Doucement... avec précaution, »
dit Lantivy à ses camarades qui venaient de charger cette malheureuse
sur leurs épaules. « De quel côté nous
» dirigerons-nous, Monsieur?

» — Rue de Béthisy.

» — C'est à deux pas d'ici.

» — Hum! » grommela Jean Mollet
en prenant Nanine par la main et en
offrant son bras au jeune homme, « on
» le lui avait bien prédit. Voilà où la
» vanité nous mène.

» —Que dites-vous? connaîtriez-vous
» cette femme? » lui demanda le jeune
homme à voix basse.

« — Moi, mon gentilhomme! non,
» oh! non; mais il aurait mieux valu
» peut-être qu'on ne l'eût pêchée qu'à

I. 4

»Saint-Cloud . c'aurait été d'un bon
» exemple.

» — Vous savez donc?...

» — Je ne sais rien, » répondit Jean
Mollet. Et il se mit à siffler d'un air insouciant.

CHAPITRE IV.

—

La Nuit.

Eh! qui ne bâtit pas des châteaux en Espagne !
COLLIN D'HARLEVILLE.

Dans une maison d'une apparence
plus que modeste , au bout d'un étroit
et sombre couloir où un homme d'une
taille ordinaire aurait eu peine à passer
sans se baisser, était une chambre
assez spacieuse, mais à laquelle ses
murailles nues et décrépies donnaient
un aspect désolé. Un lit de bois peint,
surmonté d'un double rideau de bure
verte, une table, quelques chaises et
un vieux fauteuil à peine recouvert

d'un cuir rapiécé en mille endroits, composaient tout l'ameublement. C'est là que Lantivy et ses compagnons déposèrent la femme que leurs soins venaient de rendre à la vie. L'infortunée n'avait pas encore repris l'usage de ses sens; elle était plongée dans un morne assoupissement, et sa tête tombait sur ses épaules avec un abandon plus fort que celui du sommeil. Un soupir pénible s'exhala enfin de sa poitrine, et des larmes coulèrent de ses yeux à demi fermés.

« —Ma mère, ma mère! » s'écria Nanine, en se précipitant sur elle, « que t'ai-je fait ? pourquoi voulais-tu quitter ta fille? Ce matin encore tu m'avais promis que nous ne nous séparerions jamais. Méchante, est-ce là tenir ta promesse?... Ma mère, ré-

»ponds-moi... un mot, un seul mot.
»Ouvre seulement les yeux; regarde-
»moi. C'est Nanine, c'est ta fille... **Ma**
»**mère!**» cria-t-elle avec effroi et en la
secouant doucement, « ne sois pas
»ainsi; tu me fais peur.

» — Ne la tourmentez donc pas, »
dit Lantivy, « donnez-lui le temps de
»se remettre.

» — Oh! non, non; laissez-moi près
»d'elle.

» —Quelle chienne d'amitié! »poursuivit Lantivy en poussant Nanine loin
du lit où elle s'était jetée. « Voulez-
»vous tuer votre mère?»

L'enfant se retira dans un coin de la
chambre en donnant les marques du
plus vif désespoir.

« — Hum!» dit Jean Mollet entre
ses dents, « on n'est plus obligé

» d'être si poli envers elle. Quand ça
» tettait encore, il fallait l'aborder avec
» autant de respect que si c'avait été
» une reine.... Elles ont mangé leur
» pain blanc lepremier. La rivière n'a
» pas voulu d'elles, il leur reste l'hôpi-
» tal... à moins que ce grand benêt de
» Gascon... il a vraiment un air à cela;
» mais, à voir le luxe de sa chambre,
» sa bourse ne me parait pas aussi en-
» flée que celle d'un financier... Mon
» gentilhomme, reprit-il à haute voix,
» avez-vous encore besoin de nous?

» Non, mes amis... Si pourtant
» l'on voulait m'aller querir un méde-
» cin...

» — Un médecin! » dit Lantivy,
» pour qu'il vous vienne cracher quel-
» ques phrases de latin à un demi-écu?...
» Je m'y connais, vous dis-je : il n'y a

»pas de danger. Le sommeil lui vau-
»dra mieux que tout le reste.

» — Mes amis, recevez mes remercie-
»mens.

» — Il n'y a pas de quoi, » grommela Jean Mollet; «dans un mois vous
» ne nous en remercierez peut-être pas.

» — Monsieur, » dit Lantivy en prenant la main du jeune homme, «vou-
»lez-vous me rendre heureux? per-
»mettez-moi de vous venir voir. On
»trouve rarement l'occasion de faire
»connaissance avec un homme tel que
»vous.

» — Vous me ferez plaisir, Monsieur.

» — Beau, brave, généreux, sans
»fierté!... si vous ne parvenez pas à
»tout, il ne faut plus croire à rien.
»Adieu, Monsieur, » dit Lantivy. Et
il descendit précipitamment les mar-

ches pour rejoindre ses camarades qui
étaient déjà partis.

« — A tout! » répéta le jeune homme
avec un accent de joie et en levant
fièrement la tête. « Il ne sait pas jus-
» qu'à quel point il dit vrai. »

Dans l'âge de l'illusion, pour peu
qu'on soit doué d'une imagination vive,
le moindre mot qui vient flatter vos
désirs et répondre à votre pensée
vous semble une prédiction infailli-
ble, un secret avertissement du ciel.
Souvent même, adoptant comme une
réalité les rêves où l'on s'égare, on se
croit déjà maître de l'avenir qu'on vient
de se créer; on imagine, on joue mille
scènes où l'on a soin d'avoir toujours
le rôle le plus brillant. Dans cette vie
idéale tout se suit, tout s'enchaîne au
gré de votre caprice; rien ne vous y

contrarie ; le bonheur y touche au
bonheur comme dans un rayon de soleil décomposé par le prisme, les
couleurs les plus vives s'unissent l'une
à l'autre par de douces nuances. Parmi
tant de joies enivrantes, le malheur
ne saurait trouver une place ; on ne
le prévoit pas ; on ne le peut pas
prévoir, car la science de la vie n'é-
tant donnée qu'à ceux qui y ont longuement cheminé, l'on ignore encore
que l'âme a autant besoin d'émotions
tristes que d'émotions heureuses, et
qu'à défaut de maux réels elle s'en
forge d'imaginaires, sous peine de tomber dans la plus cruelle maladie qui
la puisse affliger, le dégoût et l'ennui.
En de tels momens le monde extérieur
disparaît à vos yeux ; vous semblez
craindre de rencontrer du regard les

objets qui vous entourent, de peur
qu'en vous rappelant brusquement
aux choses du présent, ils ne viennent
interrompre le cours des pompeuses
fêtes de l'avenir. Lorsque enfin un bruit
étranger ou votre propre lassitude
vous viennent rendre à vous-même,
mesurant de l'œil les longs intervalles
qui vous séparent du but que votre
pensée avait déjà atteint, vous éprou-
vez ou un complet abattement ou un
surcroît de confiance dans vos propres
forces.

Après s'être perdu en mille projets,
le jeune Marseillais s'aperçut qu'il n'é-
tait pas seul. Il craignit que sa pensée
n'eût été trahie par quelque signe extérieur; il vit que l'enfant fixait sur
lui ses regards étonnés, et une vive rougeur colora son visage.

« — Hé bien, Nanine, » demanda-
t-il avec embarras, « qu'avez-vous à
» m'observer ainsi ?

» — Moi ! je n'observe pas, je regarde.

» — Qu'ai-je donc de si extraordi-
» naire ?

» — Oh ! rien ; mais vous parliez tout
» seul, et cela me semblait singulier.

» — Je parlais !... Que disais-je ?

» — Des mots sans suite.

» — Mais encore ?

» — J'ai si peu de mémoire !... Et
» puis c'est que vous ne restiez pas en
» place. Attendez... Là, près de la porte,
» vous avez dit : Qu'elle est belle !...
» Heureuse rencontre !... Il y a dix ans,
» sur le Pont-Neuf... Et votre figure
» étincelait de plaisir.

» — Oui, j'ai dû dire cela, » pensa

le jeune homme en regardant l'enfant
d'un air d'intérêt.

« — Alors vous avez marché à grands
» pas; votre air est devenu menaçant.
» Tout-à-coup vous vous êtes arrêté, et,
» faisant un long salut, la main sur la
» poitrine, vous avez dit : Sire! com-
» me si vous remerciiez le roi d'une grâce
» qu'il vous aurait faite.

» — Après? » dit le jeune homme, qui
trouvait un charme ineffable à voir
se prolonger son rêve.

« — Vous avez pris alors un air de
» dignité qui m'imposait; il semblait
» que vous aviez grandi de toute la tête.

» — Vraiment? » s'écria le jeune homme avec explosion.

« — Jamais je n'ai vu un visage plus
» noble et plus majestueux.

» — Doute, doute encore de ta for-

» tune ! » pensa le jeune homme. « Et
» vous, mon enfant, » reprit-il à haute
voix, « que pensiez-vous de tout cela?

» — Je ne savais qu'en penser.

» — Bon ! vous avez dû faire quelque
» conjecture.

» — J'ai cru... » Elle hésita, et se tut.

« — Dites, dites.

» — S'il vous le faut avouer, j'ai cru...
» que vous étiez fou.

» — Fou ! » dit le jeune homme. Et il
laissa tomber sa tête sur sa poitrine.
» Fou !....

» — Que je suis fâchée de vous avoir
» fait de la peine ! » dit Nanine en s'ap-
prochant de lui. « Mais remarquez que
» je suis un enfant, que j'ignore bien
» des choses, qu'il se peut que tous les
» hommes soient ainsi faits...

» — Tous ! » pensa le jeune homme

qui sentit le trait s'enfoncer plus avant
dans son cœur. « Que devient alors ma
» confiance en l'avenir, si tout le monde
» la partage? Oh! que je voudrais pou-
» voir lire dans toutes les pensées!...»

Sa présomption avait été trop folle
pour que la défiance qui venait d'y suc-
céder ne fût pas extrême. Il se laissa
tomber sur une chaise, et, appuyant
ses coudes sur ses genoux, cachant son
visage dans ses mains, il se livra à des
rêves aussi sombres que tantôt ils
avaient été brillans. Il se sentait au
cœur cette défaillance qu'on éprouve
lorsqu'on vient de faire un trajet long
et pénible sans avoir obtenu le résul-
tat qu'on espérait de son voyage. En
ce moment il aurait donné toute sa vie
pour un seul jour de bonheur. Mais, à
son âge, la tristesse est plus fugitive

encore que la joie, car les impressions
trop vives ne sauraient durer long-
temps; il fit un effort sur lui-même ;
après tant de fluctuations diverses, son
âme reprit l'équilibre, et de tant d'ambition et de découragement, il ne lui
resta plus que la confiance ordinaire à
la jeunesse.

« — C'est un enfant, » pensa-t-il. Et
il se leva aussitôt comme pour mieux
chasser les pensées qui l'avaient ob-
sédé. « Asseyez-vous, Nanine, » dit-il
ensuite à haute voix. « Asseyez-vous,
» là, dans ce fauteuil... vous y serez
» plus à votre aise. C'est là que vous
» passerez la nuit.

» — Et vous, Monsieur?

» — Moi? je n'ai que l'embarras du
» choix. J'ai trois lits à ma disposition,»
poursuivit-il en souriant. « Ne voilà-t-il

»pas trois chaises?... Qu'avez-vous?
»vous semblez inquiète.

» — Pardon, Monsieur... je crains
»que le bruit de vos pas...

» — C'est juste; je me vais asseoir
»bien près, tout près de vous, afin que
»nous puissions causer à voix basse.

» — Je n'osais pas vous en prier...
»mais, avant tout, laissez-moi voir...»
Elle se leva, se dirigea vers le lit, et revint avec un sourire de paix sur les lèvres. « Elle dort! » dit-elle, « me voilà
»rassurée.

» — Nanine, » reprit le jeune homme
en se penchant vers elle, » m'aimez-
»vous bien?

» — De toute mon âme.

» — Mais cette amitié partira aussi
»vite qu'elle est venue.

» — Non, oh! non, Monsieur, c'est
» pour la vie.

» — Quoi! si nous nous séparions de-
» main, si nous ne nous voyions plus!...

» — Je penserais toujours à vous.

» — Ainsi vous me reconnaîtriez au
» bout de dix ans?

» — Entre mille.

» —Mais comment vous rappelleriez-
» vous mon image?

» — Elle est gravée là, » dit l'enfan'
en mettant la main sur son cœur.

« — Nanine, » poursuivit le jeune
homme en hochant de la tête, » voilà
» une amitié bien vive pour être si
» subite. Pourquoi m'aimez-vous tant?

» — Parceque vous êtes beau et
» brave.

» — Charmante enfant! tu ne sais
» pas jusqu'à quel point tu me fais plai-

» sir. Ce soir encore j'étais isolé sur la
» terre. J'ai maintenant quelqu'un pour
» m'aimer.

» — Deux, Monsieur, vous en avez
» deux.

» — Et qui donc?

» — Ma mère et moi.

» — C'est vrai... j'oubliais votre mère;
» pauvre femme! » dit le jeune homme
en tournant involontairement ses regards vers le lit.

« — Plus bas, Monsieur, vous pour-
» riez l'éveiller.

» — Qui m'aurait dit que ma jour-
» née finirait si heureusement!

» — Et quand je pense que vous
» m'aviez d'abord refusée! C'est mon
» bon ange qui m'a inspiré la pensée
» d'insister. Votre brusquerie, vos re-
» fus, rien ne m'a rebutée; je me sen-

»tais entraînée vers vous. Je ne sais
»quoi me disait qu'il fallait que vous
»vinssiez avec moi.

» — Oui, on éprouve dans la vie des
»sentiments inexplicables... » dit le
jeune homme en regardant la jeune
fille avec un intérêt plus tendre encore, car elle venait de flatter sa ma-
nie. « Elle appelle cela son bon ange ! »
pensa-t-il en souriant avec une douce
pitié.

« — Mais que je me veux de mal
»d'avoir cherché à vous retenir quand
»vous vouliez aller au secours !... Ah !
»si j'avais su que ce fût ma mère !...

» — Tout cela était nécessaire. « Il se
tut et tomba dans une longue rêverie.
« Nanine, reprit-il ensuite, quel âge
»avez-vous ?

» — J'aurai bientôt treize ans.

»—Treize ans! » dit le jeune homme
en poussant un soupir. «Et... je ne suis
» pas à ce que je dis, je rêve, je... Com-
» ment se nomme votre mère?

» — Madame Hortense.

» — Pas d'autre nom?

» — Pas d'autre.

» — Ah! » reprit-il d'un ton évidem-
ment plus froid , « c'est différent.

» — Comment? est-ce que cela vous
» fâche? dit Nanine.

» — Moi, nullement; pourquoi?...
» on ne fait pas son nom. Mais une
» femme peut choisir au moins une fois
» le sien, car elle en reçoit au moins
» deux... Je vois que vous ne me com-
» prenez pas; j'aime autant cela. Et
» votre père?

» — Je crois qu'il est mort.

» — Vous croyez? » dit le jeune

homme avec un sourire malin, mais
qui avait toutefois quelque chose
d'amer. «Et croyez-vous que ce soit
»depuis long-temps?

»— J'ai souvent questionné maman
»à ce sujet, mais elle ne me répondait
»que par ses larmes; et j'ai cessé de
»l'interroger, parceque je souffre trop
»à voir pleurer ma mère.

»— Qui peut donc vous faire penser
»que vous n'avez plus de père?

»— Je vous le vais dire. Je me rap-
»pelle... mais il y a long-temps, bien
»long-temps de ces choses; je les vois
»comme lorsqu'on cherche à voir au
»loin par un temps brumeux... Nous
»habitions une belle maison, avec de
»beaux meubles, un jardin magnifi-
»que. Il y avait un monsieur bien laid,
»mais que j'aimais beaucoup parce-

»qu'il était drôle, et que lorsqu'il me
»prenait sur ses genoux, il me laissait
»jouer avec son rabat et sa grande per-
»ruque. C'était mon père.

»— Lui donniez-vous ce nom devant
»tout le monde?

»— Oui, devant tous nos laquais,
»parcequ'il venait rarement d'autres
»personnes. Je cessai tout-à-coup de
»voir ce monsieur; je me trouvai seule
»avec ma mère et une vieille servante.
»Peu à peu les beaux meubles, les
»riches habits disparurent; la vieille
»servante disparut aussi, et enfin vous
»allâmes loger, ma mère et moi, dans
»une chambre... à peu près comme
»celle-ci, » ajouta l'enfant en prome-
nant ses regards autour d'elle.

»— Et vous n'avez jamais pu sa-
»voir...?

» — Mon Dieu ! puisqu'on vous dit
» que cela faisait pleurer ma mère.

» — Dans ce nouveau logement vous
» dûtes voir nombreuse compagnie?

» — Personne, dit tristement Nanine;
» aussi je m'y suis bien ennuyée. Il y a
» six mois seulement que le propriétaire
» se mit à nous visiter. C'est bien le
» vieillard le plus riche et le plus har-
» gneux... à ce qu'on dit au moins, car
» il n'avait jamais pour moi que de dou-
» ces paroles. Il m'abordait toujours
» avec des complimens. Un jour il
» prit ma mère à part..., j'eus beau
» prêter l'oreille, je ne pus entendre un
» mot de leur conversation, mais je vis
» que maman était en colère. M. Du-
» rand vint vers moi; il tira un beau
» collier de sa poche, il me le voulut
» passer au cou... Qu'il était beau, ce

»collier! mais maman me défendit de
»le recevoir, et elle enjoignit à M. Du-
»rand de sortir.

»— Ah! »s'écria le jeune homme en
poussant un soupir comme quelqu'un
qui vient d'être soulagé d'un grand
poids.

»—Depuis ce jour, ma mère me con-
»fina dans ma chambre. Il faut croire
»que M. Durand en fut très fâché, car
»c'est lui qui a fait saisir nos meubles.
»Vous savez le reste. Voyez pourtant
»où peut mener le refus d'un collier!
»Sans vous je n'aurais plus de mère...
»Qu'avez-vous, Monsieur? je vous fa-
»tigue peut-être; c'est votre faute,
»pourquoi m'avoir tant question-
»née?

»— Nanine, » dit le jeune homme
qui semblait réfléchir profondément;

» serez-vous bien fâchée quand il faudra

» nous séparer ?

» — Plus que je ne puis dire. Mais

» vous nous viendrez voir, n'est-il pas

» vrai ?

» — Et... si nous ne nous séparions

» pas ?

» — Avec maman et vous je serais

» trop heureuse... Hélas ! maman le

» voudra-t-elle ?

» — Je l'espère ; en tout cas vous

» m'appuierez.

» — Oh! oui : si je lui dis que c'est

» pour mon bonheur, elle ne m'osera

» pas refuser ; elle m'aime tant !... Mais,

» Monsieur, si elle y consent, je vous

» en prie, je vous en conjure, ne m'of-

» frez pas de collier.

» — Non, non, » dit le jeune homme

en souriant.

I. 5

Il retomba dans sa rêverie et se mit à repasser en lui-même les évènements de cette soirée. L'obstination que cette jeune fille avait mise à le prier de lui servir de guide, cette mère qu'il avait sauvée, le respect, l'admiration que Lantivy éprouvait pour lui ; tant de rapports trop étranges pour n'être pas frappants lui semblaient un coup du ciel. Il se rappelait surtout sa première pensée lorsqu'il avait consenti à conduire Nanine chez Samuel Bernard. Certes, s'il avait cru alors que cette fille était celle qu'il cherchait dans son rêve, que de motifs n'avait-il pas maintenant pour persister dans cette idée ?... Le langage naïf de l'enfant, ce qu'il avait pu entrevoir touchant la conduite et les principes de sa mère, avaient pleinement dissipé ses

soupçons. Toutefois le vague et le mys-
térieux qui planaient sur cette histoire,
ce père si subitement disparu, cette
femme qui, avant de se détruire, re-
mettait à sa fille une lettre pour Samuel
Bernard, d'autres circonstances qu'il
cherchait vainement à expliquer, faisaient naître en son esprit mille incer-
titudes. Il sentit qu'interroger de
nouveau Nanine serait peine perdue;
mais la curiosité l'emporta. Il se tourna
donc vers la jeune enfant pour reprendre la conversation avec elle, mais
elle avait déjà cédé au besoin du repos.
Ses deux bras pendaient avec un gra-
cieux abandon; sa tête, légèrement
penchée, était rejetée en arrière; de sa
bouche entr'ouverte sortait un souffle
pur et doux; son attitude était pleine
de mollesse et de charme. Le jeune

homme avait peine à détacher ses re-
gardsde ce ravissant spectacle, lorsqu'il
aperçut un papier qui sortait du sein
de Nanine. C'était la lettre à Samuel
Bernard, cette lettre qui devait éclaircir
tout le mystère. Il y porta la main,
mais bientôt, honteux de ce premier
mouvement, il se rejeta brusquement
sur sa chaise, et il y chercha un sommeil qui ne tarda pas à venir.

CHAPITRE V.

—

Propositions.

Vous saurez donc, Messieurs, que dans l'ancienne ville
Mes ancêtres avaient porté le chaperon.

M. Fresquiero, *Comédie.*

Il était grand jour lorsque le jeune
homme fut réveillé en sursaut par un
cri perçant que jeta Nanine. Inquiet,
il promena autour de lui ses regards
comme pour s'assurer que son aventure de la veille n'était point un songe ;
il vit la jeune fille à genoux près du lit
et adressant au ciel une fervente
prière. Il sentit alors son cœur se trou-
bler de joie.

« — Qu'avez-vous, mon enfant? »
lui demanda-t-il.

« — Monsieur, Monsieur ! elle voit...,
» elle parle ;... j'ai retrouvé ma mère !

» — Quel rêve affreux !. . » murmura Hortense. «Où suis-je?

» — Je te tiens, je te tiens ! » dit
Nanine en la serrant dans ses bras ; « tu
» ne m'échapperas pas.

» — Ma fille ! » s'écria Hortense en
fondant en larmes, « ma fille !...

» — C'est assez, Nanine, » dit le
jeune homme, « votre mère est trop
» faible encore pour supporter long-
» temps une telle scène. »

Hortense regarda le jeune homme
d'un air étonné ; puis, se penchant
vers sa fille, elle lui demanda à voix
basse : « Quel est ce monsieur ?

» — Tu ne le reconnais pas? C'est

» lui, maman, c'est lui qui t'a sauvée !
» Si tu savais combien il est bon et gé-
» néreux ! tu l'aimeras, maman ; n'est-il
» pas vrai que tu l'aimeras autant que
» moi ? »

Hortense voulut alors se mettre sur
son séant ; mais le jeune homme la
contint du geste.

« — Restez, restez, Madame, » lui
dit-il avec bonté.

» — Non, Monsieur, vous l'essayez
» en vain, vous ne pourrez vous sous-
» traire à ma reconnaissance.

» — Eh ! Madame, quel homme n'en
» eut fait autant à ma place ?

» — Oh ! maman, si tu avais vu avec
» quel courage il vola à ton secours ! Et
» quand il revint, quelle joie brillait sur
» son visage ! On eût dit un ange des-
» cendu du ciel.

» — Comment pourrai-je jamais
» m'acquitter envers vous? » dit Hortense.

« — Vous le pouvez, Madame. Ac-
» cordez-moi une grâce, et la faveur me
» semblera bien au-dessus du service.

» — Quelle grâce, Monsieur?

» — Promettez moi...» Il se troubla,
et sa voix s'altéra sensiblement. « Ah !
» par pitié, si vous me devez refuser,
» ménagez-moi, ne m'ôtez pas tout
» espoir.

» — Quel refus pouvez-vous redou-
» ter? Demandez-moi ma vie, cette vie
» que vous m'avez conservée, et je
» mourrai avec le regret de n'être pas
» encore quitte envers vous.

» — Hé bien, Madame, c'est votre
» vie, c'est celle de votre fille que je
» vous demande; mais pour les em-

» bellir toutes deux, pour embellir la
» mienne. Promettez-moi de ne me ja-
» mais quitter. Je vous jure que je
» n'aurai pas une pensée qui n'ait votre
» bonheur et celui de votre fille pour
» objet.

» — Vois, maman, vois comme il
» nous aime ! N'afflige pas ce bon jeune
» homme, » dit Nanine d'un air cares-
sant.

« — Monsieur, » dit Hortense en baissant les yeux et avec un accent timide,
« quelque généreuses, quelque sin-
» cères que paraissent vos offres, le mo-
» tif m'en échappe ; et puis j'ignore qui
» vous êtes...

» — Un homme qui se sent entraîné
» vers vous par le premier service qu'il
» a eu le bonheur de vous rendre.

» — Croyez que ma reconnaissance...

» — Eh! non, ce n'est pas de la re-
» connaissance que je veux, c'est de
» l'amitié.

» —Mais l'opinion... mais le monde...

» — Qu'a-t-il fait pour vous ce
» monde que vous voulez tant ménager?
» Moi aussi j'ignore qui vous êtes, mais
» ou je m'abuse étrangement, ou votre
» position n'est pas celle à laquelle
» votre éducation et votre naissance
» vous permettaient de prétendre.

» — Monsieur, » répondit Hortense
avec fierté, « je ne crois pas vous avoir
» donné lieu de penser...

» — Oh! maman, » dit Nanine en
rougissant, « je ne sais comment cela
» s'est fait, mais j'ai peut-être un peu
» trop parlé hier. Lorsque j'ai rencon-
» tré monsieur sur le Pont-Neuf, lorsque
» je l'ai prié de me lire l'adresse de la

» lettre que tu avais écrite à M. Samuel
» Bernard...

» — Le barbare ! » murmura Hortense.

«— Il faisait si nuit que j'étais toute
» tremblante ; j'ai prié Monsieur de me
» conduire, et pour qu'il s'y décidât,
» il lui a fallu expliquer...

» — Et monsieur a-t-il lu cette
» lettre ? » demanda Hortense d'un ton
d'anxiété.

«— Non, maman ; la voilà ! elle est
» encore cachetée.

» — Donne, » dit vivement Hortense.
Et elle cacha aussitôt dans son sein l'é-
crit que sa fille lui venait de rendre.

« — madame , » reprit le jeune
homme d'une voix émue, « au nom du
» ciel, ne me laissez pas dans cette
» cruelle incertitude. S'il vous reste

» quelque doute sur mes intentions ,
» ma manière d'agir envers vous l'aura
» bientôt dissipé. Vous serez pour moi
» une amie, une sœur...

» —Si déjà je ne vous devais pas tant,
» Monsieur, » répondit Hortense qui
semblait réfléchir profondément, « une
» telle proposition suffirait pour me
» pénétrer de reconnaissance ; mais en-
» core une fois je cherche vainement
» à comprendre les motifs qui vous
» guident.

» — Pourquoi donc s'en tant inquié-
» ter ? n'est-il pas naturel qu'on cherche
» à réunir deux misères pour en faire
» une aisance ? Si je vous ouvrais mon
» âme tout entière, vous prendriez
» peut-être ma faiblesse en pitié, mais
» vous n'y verriez pas un sentiment qui
» pût être désavoué par un honnête

» homme, pas un sentiment qui ne fût
» dicté par la délicatesse et par l'hon-
» neur. Que vous dirai-je? que ma tête
» exaltée a enfanté mille projets; que
» peut-être vous et votre fille avez trou-
» vé place dans mon rêve! Hé bien,
» Madame, si c'est une illusion, me la
» voulez - vous ravir? Je voudrais me
» pouvoir expliquer plus clairement, »
ajouta-t-il en regardant Nanine; « mais
» le cœur d'une mère ne comprend-il
» pas à demi-mot lorsqu'un galant
» homme lui parle de ses projets sur sa
» fille? »

Un rayon de joie brilla dans les yeux
d'Hortense.

» — Que craignez-vous? » poursuivit
le jeune homme; « les propos du
» monde? Sommes-nous donc assez im-
» portants pour qu'on s'occupe de nous?

» Il faut une autre pâture aux oisifs.
» Ah ! que j'en voudrais déjà être à ce
» point où mes moindres pas auront du
» retentissement!... Mais aujourd'hui,
» Madame, ces propos obscurs seront
» sans bruit; partis de la mansarde voi-
» sine, ils descendront tout au plus
» jusqu'à la loge du portier; hors de là,
» quelles oreilles trouveraient-ils pour
» les entendre?... C'est déjà trop sans
» doute, » reprit-il en voyant Hortense
s'apprêter à répondre, « mais la réalité
» ne triomphera-t-elle pas des appa-
» rences; mais notre conduite pure et
» sans reproche n'aura-t-elle pas bien-
» tôt imposé silence aux médisans? La
» vertu a un empire, Madame; et les
» hommes ont une conscience. Comme
» nous ne serons à personne un sujet
» d'envie, on nous abandonnera à notre

» obscurité. Et d'ailleurs pourquoi une
» femme n'éprouverait-elle pas pour un
» homme un sentiment tendre qui ne
» serait pas de l'amour? Faut-il, parce-
» qu'une femme est jeune et belle, que
» nous soyons exclûs de son amitié?...
» Madame, mon bonheur dépend de
» votre aveu; me le refuserez-vous?

» — Je ne sais si je dois...

» — Je vous entends, » reprit-il vivement pour prévenir la dernière objec-
tion. « Votre curiosité est naturelle, je
» vais parler la main sur le cœur; mais
» aussi, » ajouta-t-il d'une voix douce et
caressante, « vous persuaderez-vous
» bien que s'il n'y a dans ma vie aucun
» évènement dont je ne puisse rendre
» compte le front levé, vous persuade-
» rez-vous bien que je vous regarde dé-
» jà comme ma nouvelle famille?

» — Monsieur, » dit Hortense avec
entraînement, « votre langage,... vos
» manières en disent assez.

» — Ah, Madame! que cette confiance
» me fait de bien! Mais ce serait n'en
» pas être digne que de l'accepter sans
» avoir prouvé qu'on y a droit.

» — Je t'avais bien dit que tu l'aime-
» rais! » s'écria Nanine.

« — J'insisterai donc, Madame; je
» vous dirai qui je suis, et vous verrez
» qu'il n'y a ni étourderie ni indiscré-
» tion à moi; car, grâce au ciel, je n'ai
» aucun de ces secrets de famille qui
» pèsent autant à garder qu'à dire. »

A ces mots Hortense se troubla, et
son visage se couvrit d'un vive rougeur
qui échappa à l'œil inattentif du jeune
homme.

« — J'écoute aussi, » dit Nanine; « j'ai

»tant envie de savoir le nom de mon
»bon ami!

» — L'histoire des évènements de ma
»vie ne sera pas longue. Si je voulais
»vous rendre compte de toutes les sen-
»sations que j'ai éprouvées, une année
» ne suffirait pas.

» Mon nom est Jacques Borgarelly.
»Je suis né à Marseille d'une famille
»riche et considérée; deux de mes
»aïeux avaient jadis porté le chape-
»ron (1), et j'ai souvent ouï dire qu'en
»fouillant avec soin dans nos papiers,
»nous y pourrions trouver des titres de
»noblesse. Je vous assure, Madame,
»que ce n'est pas moi qui irai y voir.
»Notre noblesse, à nous Marseillais,
»c'est de prouver deux ou trois cents

(1) C'est-à-dire qu'ils avaient été consuls de Marseille.

I.   5.

» ans de fortune. Aussi, » ajouta-t-il en
souriant, « la noblesse de ma race est
» un peu aventurée en ce moment dans
» ma personne, mais je saurai bien em-
» pêcher qu'elle ne s'éteigne.

» Il ne me reste de mon enfance que
» des souvenirs vagues et confus. Je me
» rappelle seulement qu'un vieux do-
» mestique me conduisait souvent avec
» mystère chez un gentilhomme qui
» avait un accent étranger et qui me
» comblait de présents et de caresses.
» Ces visites étaient soigneusement ca-
» chées à mon père, et plus d'une fois,
» quand, avec mon étourderie d'enfant,
» j'allais commettre quelque indiscré-
» tion, ma mère avait soin ou de dé-
» tourner la conversation ou de prêter à
» mes paroles un sens que je n'y avais
» pas donné.

» Je ne tardai pas à m'apercevoir,
» en avançant en âge, que mon père
» avait pour moi un éloignement qui
» allait jusqu'à l'aversion. Jusque là
» je ne l'avais trouvé que sévère. Quand
» je comparais sa dureté envers moi
» avec l'indulgence qu'il avait pour
» mon frère aîné et pour ma sœur, je
» m'efforçais vainement d'en deviner
» la cause ; je redoublais d'assiduité à
» mes devoirs ; je tâchais, par une con-
» duite sans reproches, de mériter son
» amitié ; mais toutes mes caresses
» étaient repoussées, et si j'insistais
» pour obtenir de lui un peu de ces
» tendres familiarités dont il comblait
» ses autres enfants, son visage se con-
» tractait, et il s'éloignait aussitôt. J'osais
» quelquefois m'en plaindre à ma mère ;
» elle m'assurait que mon défaut était

» de tout m'exagérer, et elle me repro-
» chait doucement ma susceptibilité.

» Mon père, excellent homme au
» fond, était d'une brusquerie peu com-
» mune, même pour un Marseillais ; il
» s'emportait par folles bouffées, s'a-
» paisait de même, et l'accès une fois
» passé, il s'appliquait, à force de pré-
» venances, à faire oublier ses empor-
» tements. C'était d'ordinaire les per-
» sonnes qu'il aimait le mieux qu'il
» tourmentait le plus, et sa victime de
» la veille était toujours son idole du
» jour. Son caractère était connu jus-
» que là que lorsqu'un de nos gens
» voulait solliciter de lui une faveur et
» qu'il craignait un refus, il s'étudiait
» à le mécontenter pour en obtenir une
» colère. C'était pour moi seul que mon
» père n'avait pas d'inégalité d'humeur.

»Enfant, il n'avait pour moi que des
» reproches ; jeune homme, il sembla
» ne remarquer ni mon absence ni ma
» présence ; je devins pour lui comme
» un commensal qui vous gêne, et dont
» on veut se défaire par de mauvais
» procédés.

   »Un jour, et les moindres circon-
» stances de cette fatale conversation
» sont gravées là, » dit Borgarelly d'une
voix émue, en appuyant un doigt sur
son front, « nous étions à table : c'était
» un dîner d'adieu. Près de partir pour
» Paris, où l'appelaient d'importantes
» affaires, mon père, autant par pru-
» dence que pour se conformer à l'u-
» sage, avait fait son testament le ma-
» tin. La crainte des dangers qu'il allait
» courir dans ce long et difficile voyage
» n'avait aucune prise sur son âme. Ja-

» mais on ne l'avait vu d'une humeur
» plus charmante. Comme ma mère té-
» moignait quelque inquiétude:

« Bon ! dit-il, mes mesures sont prises.
» Quand je ne devrais pas revenir, à qui
» manquerais-je? mes enfants sont par-
» venus à un âge où ils n'ont pas besoin
» de guide pour entrer dans le monde.
» La mort n'est à craindre pour un père
» que lorsque l'avenir de sa famille est
» incertain. La fortune que j'avais hé-
» ritée des Borgarelly était considérable;
» Dieu merci, je la remettrai intacte
» aux mains de mes enfants. »

» Tout cela, Madame, était dit d'un
» air de contentement calme et doux.
« Julien, poursuivit-il en s'adressant à
» mon frère, tu es un homme d'étude.
» Je te laisse mes terres, mes maisons,
» mes contrats, et plus d'argent qu'il

» n'en faudrait pour acheter tout le
» Parlement. Vois un peu si une charge
» de Conseiller te peut manquer ! Toi,
» Marianne, tu aimes le faste et l'éclat;
» on te cherchera à Aix quelque Comte
» qui ait besoin de nos écus marseillais
» pour boucher de bons trous ; tu seras
» heureuse, mon enfant; car tu sais le
» proverbe : *pour un bon mariage, Homme
» d'Aix, fille de Marseille* (1). Vous le
» voyez, reprit-il en se tournant vers
» ma mère, en quoi aurait-on besoin
» de moi plus long-temps?

» — Et moi, mon père? lui deman-
» dai-je alors.

» — Vous?... »

» Il se tut, leva les yeux au ciel
» et poussa un long soupir. Ma mère

(1) En d'autres termes, *noblesse* et *finance.*

» pâlit; elle fixa sur lui un regard qui
» exprimait à la fois l'étonnement, la
» curiosité, la crainte. Mon père hésita
» un moment, comme incertain de l'ex-
» pression qu'il laisserait prendre à sa
» physionomie. On voyait à son air ému
» que son âme était en proie à de vio-
» lents combats. Il se leva enfin, jeta
» brusquement sa serviette sur la table
» et entra dans une chambre voisine;
» ma mère l'y suivit.

» Quel fut leur entretien? je l'ignore
» et je l'ignorerai toujours; ils en ont em-
» porté le secret dans la tombe. Quand
» ils revinrent, mon père était sombre
» et pensif, et l'on voyait sur le visage
» de ma mère de longues traces de
» pleurs qui avaient séché sans qu'on
» les essuyât.

» — Jacques, me dit mon père en

» évitant mes regards, vous allez partir
» pour Belgencier, et vous n'en revien-
» drez que lorsque je vous ferai appeler.
» Il est inutile que je recommande au
» fermier de vous traiter avec respect ; il
» sait que vous êtes... » Et il semblait
avoir peine à poursuivre. « Il sait quel
» nom vous portez. Voilà, ajouta-t-il en
» me donnant une bourse pleine d'or,
» ce que votre mère me charge de vous
» remettre. Vous pourrez vous adresser
» à elle pour tous vos besoins. »

   » Je voulus alors m'approcher pour
» prendre congé de lui, mais il se dé-
» roba sans trop d'affectation à mes ca-
» resses, et il me dit :

   » —On vous attend : embrassez votre
» mère. »

   » Hélas ! ma mère elle-même fut
» froide pour moi ce jour-là. On eût dit

» qu'elle craignait de me marquer trop
» d'amour, et ce n'est qu'en tremblant
» qu'elle me donna le dernier baiser
» que j'aie reçu d'elle.

» Dans cet exil auquel on venait
» de me condamner sans que j'y pusse
» assigner un terme, même par la pen-
» sée, tout était pour moi un sujet d'é-
» pouvante. Bien que mon caractère
» soit peu communicatif, je n'avais pas
» laissé que de contracter quelques
» unes de ces tendres liaisons d'enfance
» qui nous charment à tout âge, et aux-
» quelles l'homme reste fidèle comme
» au souvenir d'un premier amour.
» L'idée de mon isolement m'était in-
» supportable. Pour comble de maux,
» je me figurais Belgencier comme un
» séjour maudit de Dieu et des hom-
» mes; car une imagination vive est in-

» génieuse à se tourmenter. Mon isole-
» ment excepté, rien ne se vérifia de
» ces sinistres prévisions. De tous les
» sites de la Provence, si riche en sites
» pittoresques, Belgencier est peut-être
» le plus riant et le plus animé. Son
» étroite vallée qu'arrose le Gapeau, est
» pressée entre de hautes montagnes
» recouvertes de majestueuses forêts.
» L'oranger y croît sans abri, et l'air ne
» le cède pas en pureté et en mollesse à
» l'air qu'on respire dans les jardins
» d'Hyères. Si je n'avais pas eu d'arrière-
» pensée, si j'avais été moins tourmen-
» té par une soif d'activité sans objet
» comme sans but, en aucun lieu la vie
n'aurait été plus facile et plus douce.

» Au milieu de ces pompeuses scènes
de la nature dont je m'étais trop hâté
de jouir, l'ennui ne tarda pas à me

» surprendre. Le fermier, homme bon
» et simple, ne pouvait m'offrir aucun
» remède contre cette cruelle maladie ;
» d'ailleurs je le considérais comme un
» surveillant chargé de rendre compte
» de toutes mes actions, et je ne suis
» pas de ceux qui cherchent à vivre
» avec leur geôlier. La nécessité peut me
» rompre, mais me faire plier, jamais!
» Je parcourus les campagnes voisines.
» L'hiver approchait ; les propriétaires
» avaient déjà repris le chemin des
» villes, et je me trouvai plus seul,
» plus isolé que jamais.

» Alors ne pouvant vaincre l'ennui
» qui m'obsédait, je m'y abandonnai
» tout entier sans chercher à lutter
» plus long-temps. Peu à peu je trouvai
» du charme dans l'exacte répétition
» des mêmes scènes, dans cette vie tou-

»jours égale, toujours réglée comme
» les oscillations du pendule. Mes cour-
» ses avaient constamment le même
» point de départ, le même point d'ar-
» rivée ; je m'étudiais à faire halte aux
» mêmes lieux, à m'asseoir sous le
» même arbre ; j'aurais voulu fixer la
» nature, l'enchaîner à ma pensée, la
» rendre immobile comme moi ; mais
» j'avais vu tomber les feuilles, je les
» vis renaître avec un inexplicable ser-
» rement de cœur ; tout changeait au-
» tour de moi ; seul je ne changeais pas.

» Que de fois, dans ces longs mo-
» ments passés à contempler des objets
» que l'accoutumance m'avait presque
» appropriés, et qui semblaient être
» devenus une partie de moi-même,
» j'ai rougi de mon inaction ! Est-ce là
» le but de la vie ? me disais-je. Quoi !

» toujours oisif, toujours inutile!...
» Alors j'éprouvais des mouvements de
» honte et de rage qui me faisaient me
» prendre en haine; mais quand je ve-
» nais à chercher des excuses pour me
» justifier à mes propres yeux, les ex-
» cuses s'offraient en foule. Ce n'était
» point moi qui m'étais condamné à
» l'inaction, je n'avais fait qu'obéir aux
» ordres de mon père. Revenu au calme
» et à l'estime de moi-même, je cher-
» chais à lire dans l'avenir, à me faire,
» en imagination, une destinée. Je
» me berçais de l'idée que ce temps
» d'épreuve était peut être nécessaire.
» Une fois entré dans ce vaste champ
» du possible ouvert à toutes les con-
» jectures, je ne raisonnais plus que
» par voie de suite. Qu'a donc de si fa-
» tal le moment présent? me disais-je.

» Pourquoi d'autres évènements, et
» pourquoi point ceux-là? Sais-je si la
» pierre que je pousse en ce moment
» du pied ne changera pas toute ma
» destinée? Je n'ai qu'à la heurter de-
» main, et mourir de ma chute. Ici ou
» là n'est-il donc pas une chose indiffé-
» rente? Tout se suit, tout se coordonne;
» la nature a une pensée et une harmo-
» nie. Quand l'homme est malheureux,
» c'est qu'il contrarie par sa volonté la
» force des choses. Oh! qu'il avait dû
» réfléchir longuement sur les mystères
» de l'âme, celui qui conseilla le pre-
» mier de *prendre le temps comme il vient!*

» Je l'avouerai pourtant, en dépit de
» la direction que mes idées avaient
» prise, je me surprenais souvent à dé-
» sirer une vie plus active, plus acci-
» dentée. Il me semblait que faute d'ali-

» ments mon âme s'éteindrait dansl'en-
» gourdissement et dans la langueur;
» mais je me persuadai bientôt qu'à or-
» ganisation égale les hommes éprou-
» vent la même somme d'émotions. Et
» puis chaque existence n'est-elle pas
» également accidentée? C'est l'imagi-
» nation qui fait les évènements grands
» ou petits. Un général qui vient de
» remporter une victoire ne se sent
» peut-être pas au cœur d'autres mou-
» vements que ceux d'un écolier qui
» vient de remporter un prix au collége.

   » Il faut que la solitude ne soit pas
» bonne à l'homme, car je ne tar-
» dai pas à m'apercevoir que j'étais
» pour mon fermier et pour sa fa-
» mille un objet singulier d'étude et
» de pitié. A mon approche, la con-
» versation qui paraissait vive et

» animée cessait tout-à-coup. L'opi-
» nion que ces gens-là pouvaient avoir
» conçue de moi m'inquiétait; j'avais
» beau me dire que je n'en devais pas
» tenir compte, j'y pensais sans cesse;
» je brûlais de m'en éclaircir avec eux,
» mais ils semblaient prendre à tâche
» d'éluder mes questions, et toujours ils
» me poursuivaient de leur air de pitié.

» Un jour qu'un violent orage avait
» rendu toute promenade impossible,
» j'allai attendre à la ferme le retour du
» beau temps ; le fermier, enhardi
» par mon air de familiarité, me dit :

« —Monsieur, vous êtes bien heureux
» de ne vous pas ennuyer dans le bois.
» Pour moi, je ne m'y peux pas souffrir
» plus de deux heures, même avec ma
» cognée, à moins que je n'y sois en
» compagnie. Qu'y faites-vous donc?

» — Je pense, »lui répondis-je fière-
» ment.

» — Ah ! »dit-il en baissant la tête et
»en ouvrant ses deux mains, « c'est
» différent !»

» Il y avait dans son air je ne sais quoi
» d'inexplicable. Ses yeux vifs étaient
» fixés sur moi, et j'avais peine à démê-
» ler s'ils brillaient d'une expression de
» malice ou d'intérêt.

« — Monsieur, »reprit-il, « pourquoi
» ne dirigez-vous jamais vos courses du
» côté du hameau des Toucas ? vous
» vous y amuseriez ; on y mène une
» joyeuse vie.

» — Vraiment, maître Pierre ? » lui
» dis-je avec distraction.

« — Monsieur Peyresc y allait fort
» souvent.

» — Peyresc ! » m'écriai-je.

« — Oui ! ce savant, cet illustre.

» — Qu'on est heureux, » pensai-je,
«de laisser un nom !... Est-ce donc si
» difficile? on n'a qu'à vouloir. Peyresc
» n'a pas donné par an au travail la
» moitié du temps que je donne à l'en-
» nui!... Heureux Peyresc! Il a laissé
» d'ineffaçables traces de son passage
» sur cette terre... Souvent, dans les
» doutes de mon orgueil, je vais jusqu'à
» me demander ce que c'est que la
» gloire. Eh bien ! la gloire, la voilà.
» Cet homme vient de me l'apprendre.
» Et moi ! qui prononcera mon nom a-
» près ma mort ? Qui saura ce qu'a été
» Jacques Borgarelly?

» — Ah, Monsieur!» poursuivit Pierre,
«quel homme que ce M. Peyresc !
» Quand il était à Belgencier , c'était
» une procession à n'en plus finir d'é-

» trangers qui le venaient visiter.

» — Bon ! » dis-je brusquement,
« qu'a-t-il fait ce M. Peyresc?

» — Ce qu'il a fait, Monsieur ! ce
» qu'il a fait !... Il a découvert le myrte
» à fleurs doubles, et depuis lors j'en
» vends plus de cinq cents pieds par
» an. »

» Je souris d'un sourire étrange. Cet
» homme m'avait fait du mal avec son
» Peyresc ; son myrte à fleurs doubles
» me fit un bien qu'on ne saurait croire,
» et je répétai avec une joie amère :
« Eh bien ! la gloire, la voilà ! »

CHAPITRE VI.

—

La Succession.

Ἀλλ᾽ εἴ... κήδει τῶν πατρῷων ἀλφίτων
τούτων γενοῦ μοι, σχασάμενος τὴν ἱππικήν.

«Le hameau des Toucas,» poursuivit
Borgarelly, « est situé dans une longue
» plaine, entre Belgencier et Soliers.
» Son aspect n'a rien de pittoresque;
» c'est un village comme on en peut
» trouver cent en Bourgogne ou en Nor-
» mandie; le seul caractère de ses habi-
» tants est curieux à étudier. Leur pa-
» resse n'a rien de l'indolence italienne;
» à les voir, on sent que ces hommes
» vifs et ardents ne sont pas faits pour la

» vie contemplative ; mais toutes leurs
» richesses consistant en coteaux d'oli-
» viers qui leur livrent presque sans
» culture d'abondantes récoltes, c'est
» dans le jeu qu'ils ont cherché un re-
» mède contre le désœuvrement. Le
» matin, le soir, à toute heure du jour,
» ils pâlissent sur des dés ou des cartes;
» le frère est assis à la même table,
» tentant la fortune contre son frère;
» ce serait presque un tableau vivant
» de nos vieilles guerres civiles, si les
» aigres propos des joueurs dégéné-
» raient plus souvent en querelles, si
» les haines étaient plus animées. Là,
» chose étrange! la passion du jeu est
» dépouillée de toutes ses fureurs, de
» son horrible poésie; on joue avec au-
» tant de sang-froid que deux mar-
» chands traitent une affaire à la

» Loge(1) de Marseille. Ce n'est plus une
» passion, c'est une occupation, un pas-
» se-temps; et comme le Roi n'a pas en-
» core envoyé un fermier aux Toucas
» pour faire tourner au profit du fisc
» la ruine des familles, les pertes et les
» gains se balancent alternativement; au
» bout de l'année chacun se trouve à
» peu près dans la même position que
» devant, et l'on a tué un an de plus.

» J'ignore ce que Peyresc allait faire
» aux Toucas; assurément ce n'est pas
» là qu'il aurait trouvé les marbres d'A-
» rundel à acquérir ; mais, pour moi,
» j'y trouvai ce que je cherchais depuis
» si long-temps, un ennui occupé !
» Bientôt mon amour pour le jeu dégé-
» néra en fureur ; non que je trouvasse

(1) La Bourse. On en peut voir la description dans la
Confrérie du Saint-Esprit. (*Note de l'éditeur.*)

» le moindre charme à ces sottes et tris-
» tes émotions, elles n'allaient pas jus-
» qu'à mon âme; tandis que je tenais
» machinalement mes cartes, ma pen-
» sée vagabonde errait à l'aventure,
» mais au moins je faisais quelque
» chose; j'avais un but; les vides de mon
» existence étaient remplis.

» Peut-être serais-je arrivé au dégoût
» par la satiété; mais une circonstance
» que j'aurais dû prévoir me fit renon-
» cer sans regret aux habitudes que j'a-
» vais contractées aux Toucas. Jusqu'a-
» lors, soit fatalité, soit insouciance, je
» n'avais vécu qu'avec des gens aux-
» quels j'étais fort supérieur et par ma
» naissance et par mon éducation. Ma
» supériorité, quand elle est incontes-
» table, me pèse à exercer; je ne la
» veux pas prendre; si on me l'offre,

»je mets tous mes soins à l'effacer, à
» la faire oublier ; mais si l'on me la re-
» fuse, j'en fais sentir tout le poids avec
» un orgueil brusque et opiniâtre. Il
» m'arriva aux Toucas ce qui m'était
» déjà arrivé ailleurs. Ces gens-là se te-
» naient d'abord à distance ; ils avaient
» l'air de se croire indignes d'avoir avec
» moi le moindre rapport d'amitié. Peu
» à peu ces grands scrupules cessèrent ;
» le respect se perdit dans des entre-
» vues de tous les jours, et l'on en vint
» bientôt à une familiarité choquante.
» En une telle occurrence, j'aurais
» rompu en visière à mon égal ;
» mais il m'en coûte d'humilier des
» gens qui doivent déjà se sentir humi-
» liés de ne me pas valoir. Je patientai
» long-temps, je souffris mille morts,
» jusque là qu'un jour un de ces hom-

»mes, par vanité sans doute, et pour
» montrer en quels termes il en était
» avec son ami Jacques Borgarelly, vint
» jeter lourdement ses deux bras sur
» mes épaules, et me demanda, en me
» tutoyant, si j'étais content de mon
» jeu. Je rougis jusqu'à la sueur, et je-
» tant mes cartes, je me levai pour
» sortir.

« — Mathieu, » dit ironiquement
» un des témoins de la scène, « tu as
» fâché notre ami.

» — Écoute donc! le respect me gêne.
» Si Borgarelly veut se trouver avec des
» messieurs, que ne va-t-il à la Char-
» treuse de Mont-Rieux, en attendant
» que les châteaux se remplissent de
» nobles. »

» J'étais déjà hors du cabaret lorsque
» mon ami Mathieu dit ces mots; mais

» il les prononça à voix assez haute
» pour que je les pusse entendre.

» — La Chartreuse ! » pensai-je. « Il
» y a donc une Chartreuse à Mont-
» Rieux !... » Et je m'y rendis dès le len-
» demain.

» Vous savez, Madame, que les fils
» de Saint-Bruno excellent à choisir le
» lieu de leur retraite. La Chartreuse
» de Mont-Rieux ne le cède peut-être
» en beauté qu'à la grande Chartreuse
» de Grenoble, et encore a-t-elle sur
» celle-ci l'avantage d'être placée sous
» un plus beau ciel. Les bois, les eaux,
» les riches prairies qui l'entourent en
» font un séjour de délices ; et si l'amour
» pouvait entrer dans les cellules des
» bons frères, on y aurait un avant-
» goût des joies du paradis. Je crain-
» drais d'être suspecté dans la fidélité

» de mon récit, si je décrivais plus lon-
» guement ce beau lieu. Un monastère
» jeté au milieu des bois, sur une
» haute montagne, m'a toujours fait
» une impression si vive, qu'il se peut
» que mon imagination l'embellisse, et
» que je me laisse entraîner sans le vou-
» loir à l'exagération.

» Le supérieur m'accueillit avec une
» cordialité touchante. C'était un reli-
» gieux d'une rare portée d'esprit, et
» qui, sous le simple froc de Chartreux,
» cachait un savoir de Bénédictin. Sa
» société et celle de ses moines firent de
» moi un nouvel homme. Pour la pre-
» mière fois, depuis ma sortie du col-
» lége, je me trouvais avec des gens
» capables de m'entendre. Aussi la vie
» m'apparut-elle sous un tout autre as-
» pect. Plus d'ennui, plus de rêves d'a-

» venir. Ce vague élancement vers un
» je ne sais quoi indéfinissable avait
» cessé. Toutes mes pensées, tous mes
» moments étaient occupés ; je ne sen-
» tais plus de vides dans ma tête. Ce
» devait être pour moi le bonheur,
» jusqu'au moment où l'on me ferait
» apercevoir de mon erreur. Ce mo-
» ment ne tarda pas à venir.

« — Que comptez-vous faire ? » me
demanda un jour le supérieur.

« — Aujourd'hui ? rester avec vous.

» — Et demain ?

» — Avec vous, toujours avec vous.

» — Mais, mon ami, cela peut-il du-
» rer toute la vie ? »

» A ces mots d'un sens si clair, un
» long étourdissement s'empara de moi ;
» Pour la première fois la nécessité du
» choix d'un état s'offrit à mon esprit ;

»cette pensée qui était restée jusqu'a-
»lors comme assoupie dans un coin de
»mon cerveau, se réveilla tout-à-coup.
»Je compris qu'en effet je m'étais mé-
»pris sur le but de l'existence, ou plu-
»tôt que je l'avais à peine entrevu. Le
»supérieur s'aperçut de mon trouble,
»et il entreprit de le calmer.

»—Auriez-vous quelque répugnance
»à prendre l'habit de notre ordre?»
»me demanda-t-il.

«—Aucune,» répondis-je aussitôt
»avec joie; car, à mes yeux, être
»quelque chose était tout; autant va-
»lait être Chartreux. Je ne songeais
»pas aux ennuis du cloître, aux terri-
»bles sacrifices que vos vœux vous
»imposent, à cette éternelle séparation
»du monde.

«—Vous me charmez,» reprit-il, «je

» ne vous cache pas que j'ai écrit à ce su-
» jet à monsieur votre père, et, bien qu'il
» ne fasse pas à notre maison les avan-
» tages qu'on était en droit d'attendre
» d'un homme tel que lui, je suis décidé à
» passer sur toutes ces considérations.

» — Ah ! » répondis-je froidement,
» car le piége était trop grossier pour
» que je ne le visse pas; « mon père était
» informé d'une résolution que je n'a-
» vais pas encore prise !

» — Écoutez, mon cher enfant, j'ai
» bien étudié votre caractère. Vous avez
» le malheur de ne jamais vous aperce-
» voir de ce qui frappe les yeux les
» moins clairvoyants. On dirait que
» votre âme est dans une distraction
» perpétuelle. Faut-il donc vous ap-
» prendre que vous êtes un cadet de
» famille?

» — Cadet ou non , je m'appelle Bor-
» garelly, et il faudra bien qu'on me
» donne de quoi porter honorablement
» ce nom.

» — Hum! » dit le Chartreux en bran-
» lant la tête, « je vous conseille de n'y
» pas compter.

» — Mais ma sœur, » repris-je vive-
» ment; « ma sœur est cadette aussi,
» et pourtant on recherche pour elle
» une haute alliance.

» — Votre sœur! » dit le supérieur
» en fixant sur moi un regard dont je
» cherche aujourd'hui encore à démêler
» l'expression; « votre sœur ! c'est bien
» différent... Croyez-moi, Borgarelly ;
» vous n'avez pas d'autre parti à
» prendre. C'est un ami qui vous parle.

» — Je verrai, » répondis-je d'un air
» pensif.

«— A demain, mon ami, » poursui-
» vit-il en me prenant la main.

«— A demain, mon père.» Et je le
» quittai avec la ferme résolution de ne
» le pas revoir.

» Les projets de ma famille m'étaient
» enfin connus ; j'avais le secret des froi-
» deurs de mon père. Ainsi l'on me vou
» lait sacrifier impitoyablement à un
» frère aîné, le plus nul des hommes,
» pour satisfaire à une vanité qu'on ex-
» cuse à peine chez les gens de haut
» lieu, pour continuer un nom de
» bourgeois ! Mon frère aura charge au
» parlement ; il fera badigeonner ses
» papiers de famille ; un voyage en
» cour, deux générations passées là-des-
» sus, et ses enfans feront souche de
» comtes ou de barons. Il aura eu, lui,
» la fortune et les honneurs en partage,

I. 7

» et frère Jacques mourra obscur et mi-
» sérable sous un cilice !... Non, il n'en
» sera pas ainsi ; je ferai avorter leurs
» desseins ; je le puis, je le veux.

» Alors je me mis à repasser dans ma
» tête les moindres circonstances de mon
» séjour à la Chartreuse. Je m'indignai
» au souvenir de toutes les ruses de ce
» moine. Je perçai enfin à travers ce
» masque de franchise qu'il savait si
» bien prendre, et je me surpris un
» moment à regretter mes amis des
» Toucas.

» A dater de ce jour un changement
» total s'opéra dans mon caractère. Je
» devins sombre, triste, inabordable.
» L'avenir me glaçait d'effroi ; je n'osais
» pas le rechercher par la pensée ; et
» toutefois parmi les imaginations les
» plus douloureuses, j'avais et je con-

»serve encore non une espérance vaine
»et fugitive, mais un pressentiment
»fort et tenace qui me disait : «Tu seras
»heureux. »

» Las de moi-même et des autres,
»j'aurais voulu ressaisir ce long ennui
»qui avait si long-temps suffi à mon
»âme; mais mes sentimens n'étaient
»plus les mêmes. J'essayai alors de
»trouver dans une vie active des distrac-
»tions à mes rêveries, et je m'efforçai
»de prendre goût à la chasse; mais
»hélas! mon fusil n'était qu'un meuble
»inutile dans mes mains; ma pensée
»ne pouvait plus s'accorder avec mes
»actions.

» Un jour, en errant à l'aventure, je
»me laissai entraîner fort loin de Bel-
»gencier. Inquiet, et voyant la nuit ve-
»nir, je ne savais où trouver un gîte,

» car j'étais en rase campagne. Tout-à-
» coup un homme caché derrière une
» épaisse charmille me couche en joue,
» et m'ordonne, au nom de son sei-
» gneur, de mettre bas les armes et de
» le suivre. En tout autre pays, mon
» premier mouvement aurait été peut-
» être un mouvement de frayeur, et, ma
» frayeur passée, j'aurais résisté à cet
» homme ; mais dans notre Provence
» vos odieuses lois sur la chasse sont
» comprises et exécutées avec tant de
» douceur, que c'est tout au plus si elles
» servent d'épouvantail. J'obéis donc et
» je suivis mon guide. Il m'apprit en
» route que j'étais à Tourves, et sur les
» terres de M. de Valbelle.

» Après une assez longue marche,
» nous arrivâmes à un vieux château
» flanqué de tourelles qui n'avaient

»guère l'air menaçant (1). A mon as-
»pect, le vieux seigneur, dont le visage
»annonçait la candeur et la bonté, se
»leva brusquement pour feindre la co-
»lère; mais, dès mes premiers mots,
»et quand j'eus décliné mon nom, il
»prit un air riant et courtois, et s'a-
»vançant vers moi :

«—Je m'estime heureux, dit-il, de
»la méprise; elle me procure l'hon-
»neur de vous recevoir. »

»Je m'inclinai en signe de remer-
»ciement.

»— Vous nous restez, n'est-il pas
»vrai, Monsieur? poursuivit M. de Val-
»belle. Vous êtes ici chez un ami, et
»quelque chose de plus, peut-être, »

(1) Le beau château de Tourves, qui a été démoli au
fort de la Révolution et dont les voyageurs vont encore
admirer les ruines, n'avait été bâti que postérieurement à
l'époque où se passa l'action de ce livre.

» ajouta-t-il en souriant finement; mais
» voyant que je n'avais pas l'air d'en-
» tendre: « — Votre famille, Monsieur,
» reprit-il, est alliée à la mienne.

» — Comment! » m'écriai-je avec sur-
» prise, et vous faut-il, Madame, avouer
» ma sotte faiblesse, avec un secret
» mouvement d'orgueil.

» — Oui, reprit-il à son tour avec
» étonnement; est-il besoin de vous
» apprendre qu'un de mes proches pa-
» rens a épousé madame votre sœur? »

» Je n'ai pas l'art de dissimuler mes
» impressions; elles se font jour avec
» une vivacité dont je crains de ne ja-
» mais devenir maître. J'eus pourtant
» cette fois le bonheur de ne me pas
» trahir; et balbutiant quelques paroles
» banales, je cédai à l'invitation de M. de
» Valbelle. Mais comment vous dé-

» peindre ce qui se passa en moi lorsque
» je me fus retiré dans mon apparte-
» ment ! C'était peu que de m'avoir
» chassé de la maison paternelle, on
» me traitait comme un homme qu'on
» avait pour toujours séparé de sa fa-
» mille !... Ma sœur se marie, et c'est
» au hasard que je dois de l'ap-
» prendre !... Ma mère mourrait, qu'on
» ne me dirait pas de prendre des ha-
» bits de deuil... « Est-ce encore parce-
» que je suis un cadet? m'écriai-je. On
» dirait que ma naissance fait le tour-
» ment de mon père. Il y a là-dessous
» un mystère qui me passe et que je
» n'ose pas approfondir... Oh! que si
» mon frère venait à mourir, vous ram-
» periez tous à mes pieds, lâches, de
» peur de voir s'éteindre votre race...
» Et pourquoi ne mourrait-il pas?...» Je

»grinçais des dents, j'écumais de rage,
»puis je me surpris à rire d'un rire in-
»fernal. Je ne me suis jamais interro-
»gé sur les sentimens qui m'agitèrent;
»mais je me souviens, comme d'un
»songe, que si j'avais tenu mon frère,
»là, entre quatre yeux, la nuit,... je ne
»sais pas ce que j'aurais fait.

«La société qui était rassemblée au
»château de Tourves,» pousuivit Bor-
»garelly d'un ton plus calme, «était
»brillante et nombreuse. Mon compa-
»triote d'Hozier aurait pu tailler en
»pleine étoffe dans tant de noblesse. Il
»y avait bien trente barons, comtes et
»marquis, l'un portant l'autre; je crois
»même qu'en cherchant un peu, on
»aurait fini par y trouver deux ou trois
»ducs de la façon du Pape, Ducs d'A-
»vignon, aussi solidement parchemi-

» nés que vos Ducs de Paris, mais à qui
» toutefois l'on ne donne ce titre que
» par courtoisie. Quant au menu des
» chevaliers, il fallait renoncer à le
» compter. Ces gens-là avaient une ma-
» nière de marcher, de s'asseoir, de
» parler, de se taire, de faire la chose
» du monde la plus indifférente, qui
» n'appartenait qu'à eux. Je vous laisse
» à penser quelle figure je devais faire
» là, moi, que l'éducation de coin du feu
» que j'avais reçue rendait si timide! Je
» me croyais jeté dans un pays dont j'i-
» gnorais la langue. Beaucoup d'autres
» à ma place auraient été ridicules; le
» sentiment de ma dignité me sauva.
» Je repoussai la familiarité par la poli-
» tesse, la hauteur par le dédain; et me
» bornant à retrancher de mes ma-
» nières ce qu'elles pouvaient avoir de

» trop libre et de choquant pour ces
» nobles messieurs, je me gardai avec
» un soin extrême d'imiter en rien les
» leurs. Vous auriez peine à croire,
» Madame, le temps que je gagnais sur
» eux en saluts et en révérences; j'ai
» calculé qu'ils y dépensaient une bonne
» moitié de leur journée.

» En vérité, plus j'étudiais ces puis-
» sans du siècle, et plus je répugnais à
» leur accorder la moindre supériorité.
» Je ne parle pas de l'intelligence, je
» leur en suppose à peu près autant
» qu'au premier venu ; mais à voir de
» quels soins minutieux ils s'occupent,
» à quelles vétilles ils s'attachent, je me
» figure presque que c'est une gageure
» longuement soutenue. Le blason, l'é-
» tiquette, les bruits de l'Œil-de-Bœuf,
» voilà leur grande affaire. Le jeu et

» un vernis de dévotion recouvrent tout
» cela. C'était surtout lorsqu'un gentil-
» homme récemment arrivé de Paris
» venait prendre place au cercle, qu'ils
» étaient curieux à observer. «— Le Roi
» s'est promené plus d'une demi-heure
» à la pluie dans les jardins de Marly.
» — Madame de Maintenon brode une
» tapisserie pour Saint-Cyr.—On craint
» que le Roi ne puisse plus courre le
» cerf !... » Les plus petits pas du Roi
» faisaient là, à deux cents lieues de
» Paris, plus de bruit qu'une victoire.
» Il fallait voir quelle bouche on ou-
» vrait pour prononcer ce mot si court:
» Le Roi! On eût dit qu'il avait dix syl-
» labes. Que pouvais-je faire en telle
» compagnie? Vider mon cerveau, ar-
» rondir mes gestes, et m'occuper de
» la grosse bête que Louis-le-Grand avait

» tuée un mois auparavant ? Mieux va-
» lait se tenir à l'écart que de s'engen-
» tilhommer à ce prix.

» Un jour il se fit un grand mouve-
» ment au château ; les dames volaient
» à leur toilette, les hommes avaient
» l'air inquiet ; M. de Valbelle lui-même,
» toujours si calme, si insouciant, sem-
» blait avoir perdu la tête ; il courait
» de l'office au salon, il donnait dix or-
» dres contraires. Madame de Mainte-
» non aurait été aux portes du châ-
» teau qu'on n'aurait pas fait plus d'ap-
» prêts.

« — Qui attend-on ? » demandai-je à
» un gros marquis qui soufflait à perdre
» haleine afin d'arriver le premier au
» perron.

« — Il arrive, il arrive !...
» — Qui donc ?

»— M. Mignot. »

» Et là-dessus mon homme reprend
» son élan qu'il avait suspendu à son
» très grand regret.

«— Connaissez-vous ce M. Mignot? »
» dis-je en m'adressant à un jeune che-
» valier qui rajustait devant une glace
» sa perruque mal en ordre.

«— Ils peuvent courir au-devant de
» lui; je ne ferai pas un pas.

» — Mais enfin…

» — Avez-vous vu ce gros marquis?
» Et cet excellent baron qui fait remon-
» ter son origine au déluge?… Les plus
» tarés sont les plus pressés… Quant à
» moi, j'ai fait mes preuves; lorsqu'on
» a été reçu chevalier *de minorité,* on
» ne craint pas les coups de langue de
» M. Mignot.

» — C'est donc un généalogiste?

» —Un généalogiste ! » s'écria le che-
» valier avec surprise. Il se tourna alors
» pour voir à qui il avait affaire. Il pa-
» raît que je venais de prendre le Pirée
» pour un homme. Monsieur le cheva-
» lier sourit, puis me saluant de la main
» et d'un air de dédain amical :

«— Bonjour, mon cher Monsieur
» Borgarelly, » me dit-il.

» J'étouffais de colère. En ce moment
» on annonça M. de Mignot, et M. le
» chevalier lui alla faire ses baise-
» mains.

» M. Mignot était un homme de
» soixante ans environ et d'une taille un
» peu au-dessus de la moyenne ; il était
» vêtu avec élégance mais sans re-
» cherche. J'ai peu vu de figures qui an-
» nonçassent à un aussi haut degré que
» la sienne la finesse et la malice. Son

» front était large et fuyant ; deux pau-
» pières transparentes voilaient ses yeux
» gris bien fendus, mais peu ouverts, et
» qui brillaient d'un éclat chatoyant ;
» ses lèvres étaient minces et pincées ;
» son visage se terminait brusquement
» par un menton court et pointu.
» Quand il souriait, sa bouche, d'une
» expression satanique, avait seule l'air
» d'y prendre part ; ses yeux restaient
» calmes ou distraits.

» Ce personnage, car c'en était un de
» la plus haute importance, était un
» bon bourgeois d'Aix qui avait hérité
» de son père à peu près ce qu'il lui
» fallait pour vivre de régime. Trop
» paresseux pour embrasser un état pé-
» nible, et condamné par sa naissance
» à végéter dans des emplois subal-
» ternes, M. Mignot n'avait rien voulu

» tenir ni du travail, ni du Roi. Il s'é-
» tait mis à fouiller dans les archives du
» parlement, dans les minutiers des
» notaires ; généalogiste au rebours, il
» s'était attaché au côté faible des races,
» et il n'y avait pas à Aix une famille
» dont il ne pût chicaner la noblesse.
» Non content d'avoir appris le passé,
» il s'informait avec un soin extrême de
» la chronique scandaleuse de son
» temps. Une profonde haine pour la
» gentilhommerie, une instruction spé-
» ciale, une mémoire vaste, un esprit
» vif et mordant, l'art de s'insinuer
» partout où il y avait un fait à ap-
» prendre, l'eurent bientôt mis en re-
» nom. Nul ne savait mieux que lui
» lancer de ces mots qui restent. A ses
» premières attaques, la noblesse jeta
» les hauts cris ; on parlait déjà d'en-

» voyer une députation à Saint-Ger-
» main pour solliciter une lettre de
» cachet contre l'irrévérent bourgeois ;
» mais la Bazoche, dont il était le dieu,
» le soutint avec tant de constance,
» qu'il fallut renoncer à lui faire expier
» sous les verrous sa cruelle érudition.
» Aucuns prétendent qu'il reçut plus
» d'une fois en cachette quelques unes
» de ces corrections dont on n'ose pas
» se plaindre; mais M. Mignot avait son
» plan tracé, et s'il y gagna quelques
» horions, les gentilshommes n'y per-
» dirent pas une épigramme.

» Si le nobiliaire de ma province vous
» était connu, Madame, je vous citerais
» de M. Mignot une foule de mots que la
» bourgeoisie d'Aix conserve et répète
» comme des proverbes; mais de quel
» intérêt pourraient être pour vous des

»épigrammes contre des gens obscurs
» et ignorés?... Et ne croyez pas qu'il
» s'acharnât contre les faibles, non!
» Les gens à savonnettes en étaient
» quittes pour un haussement d'épau-
» les ou un geste de barbier ; il se con-
» tentait de dire aux petits gentils-
» hommes qu'il leur prouverait qu'ils
» avaient eu deux ou trois pendus dans
» leur famille ; c'était aux très hauts et
» très puissans seigneurs qu'il avait dé-
» claré une guerre à outrance. Une
» raillerie n'attendait pas l'autre ; il al-
» lait remuer les origines, les alliances,
» les cousinages, et sous la couronne
» de comte et le casque de chevalier,
» il vous découvrait les plus petits ho-
» bereaux du monde. On ameuta suc-
» cessivement contre lui deux ou trois
» docteurs en blason ; mais quand on

» bat le maître, on a aisément raison
» du valet; aussi les eut-il bientôt ré-
» duits au silence.

» Que faire contre un ennemi de
» cette trempe ? le ménager et tâcher de
» s'attirer ses bonnes grâces. La no-
» blesse d'Aix s'avisa enfin de ce moyen.
» M. Mignot, tout bourgeois qu'il était,
» aimait autant qu'un prince le faste,
» la bonne chère et les plaisirs du
» monde; on l'en accabla. Il m'a
» souvent dit que depuis l'âge de trente
» ans il ne se souvenait pas d'avoir dîné
» une fois chez lui, ni de s'être un mo-
» ment ennuyé. Vous entendez bien,
» Madame, que ce n'était point un pa-
» rasite ordinaire; il savait son prix, et
» il croyait fort honorer les gens en
» acceptant leur invitation. Dès lors il
» tempéra un peu son humeur caus-

» tique ; mais s'il se laissait parfois aller
» à ses boutades, il s'en excusait avec
» une grâce toute particulière, et il
» avait soin que l'excuse fût plus pi-
» quante que l'offense. J'imagine qu'il
» avait fallu un *fiat* particulier de la
» Providence pour qu'un tel homme
» entrât dans le monde : c'était un type ;
» il accomplissait une mission.

» Quand je le vis pour la première
» fois, j'ignorais toutes ces particulari-
» tés ; mais à son air, à l'empressement
» de chacun, aux premiers mots qu'il
» dit, j'en soupçonnai quelque chose.
» On lui demanda ce qui se passait à
» Aix, et en moins de dix minutes il
» égratigna tout son monde. Les hom-
» mes mouraient de rire, les dames
» se pâmaient ; trois abbés, jusqu'alors
» en grand crédit au château, crevaient

» de dépit dans leur coin. Cet homme
» avait cela de caractéristique que sa
» présence tenait tout le monde en dé-
» fiance, et qu'on redoutait de le voir
» partir. Que ces gentilshommes si hau-
» tains étaient souples devant lui ! Ils se
» rapetissaient à faire pitié. Quand je le
» voyais au milieu de toute cette noblesse
» dont il tenait l'orgueil en bride, il me
» rappelait ce *moriture Delli* qui apparaît
» toujours au milieu des idées les plus
» gracieuses d'Horace, comme pour tem-
» pérer la joie et les plaisirs de la vie.

» Soit qu'il ne pût pas trouver en
» moi une victime, soit que le plaisir
» que je goûtais à l'entendre l'eût
» flatté, j'eus le bonheur de convenir à
» M. Mignot. Sous son enveloppe origi-
» nale, il cachait beaucoup de sens et
» de raison. Dans les longues conver-

»sations que nous avions ensemble, il
» me donnait mille conseils frappés au
» coin de l'expérience et de la justesse
» d'esprit ; mais si un nom de gentil-
» homme ou quelque chose d'appro-
» chant venait à se glisser dans notre
» entretien, son malin génie reprenait
» un libre cours, et il ne me quittait
» qu'après avoir ébranché une douzaine
» d'arbres généalogiques. Une fois il me
» surprit à rêver seul dans le parc ;
» j'avais l'air honteux et agité.

    —Eh bien ! »me dit-il en me pin-
» çant doucement la joue, « mon ami
» Borgarelly fait l'enfant !... Ignoriez-
» vous donc que ces dames veulent bien
» savourer dans le secret du tête-à-tête
» une liaison amoureuse avec nous
» autres bourgeois, mais qu'en public
» elles ne l'avouent jamais ?...»

» Je tressaillis ; je savais combien
» M. Mignot avait l'art de vous aborder
» par un de ces mots qui répondent à vo-
» tre pensée, mais je ne l'aurais pas cru
» clairvoyant jusque là. Je feignis de ne
» le point comprendre.

«— Que vous êtes jeune ! » me dit-il.
«Elle vous adore la nuit et vous dé-
» daigne au soleil ! Affichez-la. Si Dieu
» me prête vie, je rirai bien dans vingt
» ans de la noblesse de monsieur son
» fils... Avouez que les bourgeois sont
» de grandes dupes ! Ils travaillent eux-
» mêmes à se faire des maîtres.

» —On est bien malheureux de n'être
» pas né comte ou marquis ! » dis-je en
» soupirant.

» —Allons donc, Jacques, » dit-il en
» me prenant sous les deux bras comme
» si j'allais me trouver mal, « qu'est-ce

» que cette faiblesse?... vous leur feriez
» trop de plaisir s'ils vous entendaient...
» Allons donc! les Mignot et les Borga-
» relly ne valent-ils pas tous les barons
» du monde?

» — Les Mignot!... » interrompis-je
» en rougissant.

« — Nous pouvons prouver des siè-
» cles de bonne et franche bourgeoisie, »
» dit-il fièrement.

» Vous le voyez, Madame, mon ami
» avait aussi la faiblesse qu'il repre-
» nait si amèrement chez les autres.
» Hélas! tous les hommes sont peut-être
» ainsi faits; et moi-même, il me sem-
» blait que M. Mignot n'aurait pas dû
» mettre sa famille sur la même ligne
» que la mienne.

« — Savez-vous, » reprit-il, « combien
» il y a en France de gentilshommes qui

» aient vraiment droit à ce titre ? Si je
» disais trente, je craindrais d'exagérer.
» Il faut avoir comme moi pénétré dans
» le fumier des races, pour le priser à
» sa juste valeur. Et encore, pour les
» trente que j'accorde, faut-il supposer
» à leurs aïeules une vertu qu'elles
» n'ont pas léguée à leurs petites-filles.

» —Cet état de choses ne saurait
» durer ! » m'écriai-je. « Le tiers se las-
» sera du joug, et il faudra bien alors
» supprimer cette odieuse noblesse.

» —La supprimer ! quelle folie ! elle
» renaîtrait; elle est si vivace !... Mieux
» vaudrait déclarer que chacun est
» libre de se faire Duc ou Marquis... »

» Mon intimité avec M. Mignot, »
» poursuivit Borgarelly, « fit rejaillir
» sur moi une part de son crédit. On
» me courtisait comme une maîtresse

»de ministre; ceux même qui jusqu'a-
» lors avaient feint de ne pas remar-
»quer ma présence, allèrent jusqu'à
»s'informer de moi. Quand on sut
»quelle était la fortune de mon père,
» on redoubla d'égards; car la noblesse,
» toute dédaigneuse qu'on la suppose,
» a beaucoup de respect apparent pour
»la fortune. Mais ma faveur devait être
» de courte durée.

»M. de Valbelle me fit appeler un
» matin dans son cabinet. Il avait l'air
»grave et triste. Après un long préam-
»bule sur les vicissitudes de la vie et
»la nécessité de se soumettre à son
»sort, il me remit une lettre cachetée
» de cire noire.

«—Est-ce ma mère? Ai-je perdu
» ma mère? »lui demandai-je en trem-
»blant.

« —Hélas! mon cher enfant, » me
» dit le bon vieillard, « ce n'est que la
» moitié de votre malheur. »

» Je sentis un froid mortel courir
» dans mes veines. J'ouvris malgré moi
» cette lettre fatale; elle était de mon
» frère. Il m'apprenait que depuis près
» de deux mois (deux mois !) ma mère
» avait succombé à une maladie de
» langueur, et que mon père venait de
» la suivre dans la tombe. Tout cela
» était écrit d'un style sec et dur ; puis
» il m'annonçait par post-scriptum que
» mon père m'avait exclus de sa succes-
» sion.

» M. de Valbelle suivait tous mes
» mouvemens d'un air inquiet. Quand
» il vit que j'avais achevé de lire, il me
» serra la main, et me dit la larme à
» l'œil :

« — Vous pleurez, mon ami !

» — C'est ma mère que je pleure.
» Qui m'aimera maintenant ? Que je
» suis malheureux !

» — Allons, allons! à votre âge,
» il ne faut désespérer de rien. Mais,
» mon cher enfant, qu'allez-vous
» faire?... Ils ne vous ont rien laissé !...
» et l'on a déjà tant de peine à vivre
» avec cinquante mille livres de rente !

» — Dieu y pourvoira, » lui répon-
» dis-je d'un ton ferme.

» A vrai dire, Madame, je ne me sen-
» tais pas abattu par ce coup accablant;
» je m'y étais presque attendu. J'éprou-
» vais un secret plaisir à être enfin sor-
» ti de la cruelle incertitude où j'étais
» plongé, à me raidir contre le mal-
» heur, à songer que je serais l'artisan

» de ma fortune. Il me semblait que
» j'aurais assez de constance et de force
» pour m'élever au-dessus même de la
» position que je venais de perdre. Il
» n'y eut qu'un moment où, dans l'a-
» mertume de mon âme, je doutai de
» moi-même ; ce fut lorsque je vis tous
» les convives de M. de Valbelle, si
» carressans la veille, s'éloigner brus-
» quement de moi. Il faut que le mal-
» heur soit une chose bien horrible aux
» yeux des hommes, car M. Mignot lui-
» même me traita avec une froideur
» marquée. Ce n'est pas que M. Mignot
» eût besoin de moi quand j'avais quel-
» que espérance de fortune, mais il
» craignait peut-être que désormais
» je n'eusse besoin de lui. J'ai su plus
» tard qu'en mainte occasion il avait fait
» mon éloge et m'avait prédit un bril-

»lant avenir. Je n'ai pas pu l'en re-
»mercier; M. Mignot n'est plus de ce
» monde ; mais la noblesse d'Aix n'a pu
» respirer qu'après sa mort. Il fut jus-
»qu'au moment suprême fidèle à son.
» caractère ; au milieu des tourmens
»de l'agonie, il menaçait encore les
»gentilshommes de son retour à la san-
»té, et il exhala son âme avec une ma-
»lice.

»La bienséance me faisait une loi de
» voir mon frère. Je partis donc pour
»Marseille. Dieu paternel ! quel ac-
»cueil je reçus ! Que de hauteur ! que
» de dureté ! M. le Conseiller me remit
» un rouleau d'or que ma mère lui avait
»confié à ses derniers momens ; et de
»l'air dont on protège un laquais, il
» me promit de s'intéresser à moi.
»Qu'il vive en repos ! Jacques Borga-

»relly ne l'importunera jamais de sa
» misère.

» C'est peu de chose que de souffrir,
» c'est tout que de déchoir. L'insul-
» tante familiarité de mes inférieurs,
» l'air de pitié de mes anciens amis, me
» rendirent le séjour de Marseille odieux.
» Je voulais cacher ma vie; je vins à
» Paris. Après l'ambition un seul sen-
» timent m'anime, c'est le désir d'hu-
» milier à mon tour ceux qui m'ont tant
» humilié. »

« Eh bien ! Madame, » reprit-il en se
levant, « suis-je digne de votre con-
» fiance ?

» — Ah! » dit Hortense avec émotion,
« je vous l'accorde, et sans réserve au-
» cune.

» —Ainsi, » poursuivit Borgarelly avec
un sourire, « vous êtes ici chez vous ?

» — Mon Dieu ! mon bon ami, » dit
Nanine, « pourquoi lui donner, en
» l'interrogeant, l'embarras de répon-
» dre ? »

CHAPITRE VII.

—

Le Voisin.

Je ne compâtis point à qui dit des sornettes,
Et dans l'occasion mollit comme vous faites.
MOLIÈRE.

Dans la maison qu'habitait Borgarelly était un homme d'un âge mûr,
véritable type du petit bourgeois de
Paris, qui, après avoir placé sur l'Hôtel-
de-Ville les économies de trente années
de travail, passait sa vie à regarder
couler l'eau ou à traîner son oisiveté
chez ses voisins. Fidèle à ses anciennes
habitudes, le dimanche était toujours
pour lui le plus beau jour de la se-

maine, le jour du plaisir. Quand l'incertitude du temps ne lui permettait pas d'aller admirer la nature et respirer l'air pur de la campagne dans la plaine Saint-Denis, il courait, dès quatre heures, à l'hôtel de Bourgogne, attendait patiemment sur sa canne qu'on voulût bien ouvrir les bureaux, et rentrait le soir chez lui, soupirant après le retour du dimanche, accablé de fatigue et émerveillé. Dérogeant à l'usage de ses confrères, qui ne peuplent pas par économie, M. Delong avait un fils qui étudiait bravement la théologie et venait, deux ou trois fois par an, embrasser son père avec licence de ses supérieurs. Sa petite fortune amassée à si grand'peine lui faisait beaucoup de bruit; il avait l'air satisfait d'être au monde, et d'être M. Delong plutôt qu'autre chose. Un

ordre parfait régnait dans ses affaires;
chaque écu avait sa destination ; il ne
l'en aurait pas détourné pour un empire. Toujours prêt à s'apitoyer sur le
malheur d'autrui parceque c'était un
passe-temps comme un autre, et qu'il
ne lui en coûtait que de baigner son
œil de larmes, grand donneur de conseils, auditeur aussi patient qu'impi-
toyable conteur, rapportant tout à lui
comme à un centre inévitable, flatteur
selon l'occasion, souple, insinuant,
habile à ne jamais s'ennuyer, à s'intéresser à des riens, M. Delong était ce
qu'on est convenu d'appeler un bon
homme.

Ses idées avaient une sphère trop
circonscrite pour se rencontrer avec les
idées de Jacques Borgarelly. En en-
tendant le jeune Marseillais lui faire

part de ses projets et de ses espérances,
son premier sentiment fut la surprise.
Il ne pouvait croire qu'un homme de
la classe du tiers, sans appui, sans fortune, nourrît tant d'ambition dans son
âme. Il faisait bien la part de la jeunesse et de l'exagération, mais, en
consultant ses souvenirs, il s'assurait
qu'à vingt ans sa plus haute ambition,
à lui Delong, s'était bornée à se voir
commis aux Aides; et pourtant il n'était
pas alors sans ressources; il avait hérité de son père quinze cents bonnes
livres tournois. L'étonnement passé, il
prit en pitié le pauvre Borgarelly. Il
n'osait pas le lui témoigner ouvertement, mais sa pitié perçait dans son
air, dans ses gestes, dans ses moindres
mots. C'est lui qui lui avait conseillé
d'entrer au service d'un grand seigneur.

Peu à peu il trouva un secret plaisir à lui faire sentir ce qu'il croyait être sa supériorité. Aux rêves d'avenir du jeune homme il opposait le tableau de sa situation, douce, calme, assurée. Et lui aussi appartenait à une famille riche, son père n'avait-il pas été bourgeois d'Étampes? Et lui aussi s'était trouvé, à vingt-trois ans, obligé de se faire un sort; mais il avait eu le bon esprit de se persuader que la vie est trop courte pour courir après un but qu'on ne saurait atteindre. « Eh, bon Dieu ! » qui n'a pas du talent, ou du moins » qui ne croit pas en avoir?... Mais de » quoi sert, je vous prie, le talent qu'on » n'applique à rien et qui s'épuise à » chercher une occasion qui n'arrive » jamais ? Le roi, dans sa sagesse, a ou- » vert deux magnifiques asiles à ces

» sortes de cerveaux. On peut choisir : il
» y a maison de ville et maison des
» champs : l'une est près de Notre-Dame,
» l'autre sur les bords de la Marne.
» Puisse Dieu vous en préserver ! »

Ces discours faisaient une impression
étrange sur Borgarelly. C'était bien là
un de ces hommes positifs qui appré-
cient toutes les illusions à leur juste
valeur parceque la réalité les en a dés-
enchantés. Il cherchait en vain à se le
dissimuler ; à chaque visite de M. Delong, il éprouvait un long mécontente-
ment de lui-même. Alors il regardait ce
malencontreux discoureur comme son
malin génie ; il s'étudiait à l'éviter,
mais il se sentait tourmenté par le désir, par le besoin de convaincre cet
homme ; il le recherchait, le fuyait de
nouveau pour y revenir encore.

Ce faible, dont il ne se pouvait pas
rendre compte, n'était peut-être au
fond que la peur d'être isolé, de n'a-
voir personne à qui parler, car dès
l'instant qu'Hortense et sa fille eurent
consenti à partager sa demeure, il né-
gligea complètement M. Delong. Celui-
ci était fait aux caprices de Borgarelly ; il attendit patiemment la fin de
l'orage, mais, surpris de sa longue durée, il se décida à faire les premiers
pas.

Borgarelly était, ce jour-là, d'une
humeur inquiète. Trop discret pour
demander à Hortense une entière franchise en retour de la sienne, il avait
tenté, par des questions détournées, de
l'amener à lui rendre confidence pour
confidence. Hortense avait su éluder
la conversation, et elle s'était bornée à

lui répondre qu'elle était digne de son amitié et de son estime. Peut-être un jour se déciderait-elle à lui confier ses malheurs, mais il fallait que le temps et une plus longue intimité l'eussent accoutumée à penser tout haut devant lui. Sans oser insister ouvertement, le jeune homme laissait clairement entrevoir le dépit qu'il ressentait, lorsqu'on frappa, à petits coups, à la porte.

« — Entrez » dit-il d'un air contrarié.

« — Eh bien! mon cher voisin, que devenez-vous donc? » dit, en entrant, M. Delong d'un air patelin. Il s'arrêta en voyant les deux dames. « Je vous dérange, peut-être? » reprit-il.

« — Non, Monsieur. »

Avant que Borgarelly n'eût répondu, Delong avait parcouru la chambre du

regard. Tout y avait pris une apparence
de ménage ; dans le fond une cloison
élevée à la hâte formait deux petits ca-
binets, dont deux rideaux fermaient
l'entrée.

« Comment! mon voisin , » poursuivit Delong, « vous avez fait tout cela
» à la sourdine ! vous n'en avez rien dit
» à vos amis !... Recevez mon sincère
» compliment. Seulement c'est entrer
» bien jeune en ménage.

» —Madame n'est point ma femme, »
repartit sèchement Borgarelly.

» — Ah !... j'entends. C'est une pa-
» rente, une amie... Je vous en félicite,
» mon cher. Vous ne serez plus si seul.
» C'est une terrible chose, Madame,
» que d'être seul quand on a le caractère
» de monsieur votre cousin ; car c'est
» votre cousin, n'est-il pas vrai ?

1. 8.

» — C'est ce que vous voudriez bien
» savoir, n'est-il pas vrai? » dit maligne-
ment Nanine.

« — Oh! ce que j'en dis, Mademoi-
» selle, c'est par amitié, par pure ami-
» tié... Or çà, mon digne Monsieur Bor-
» garelly, où en sont nos projets? Vous
» êtes - vous enfin arrêté à quelque
» chose?

» — Mais oui, » répondit Borgarelly
d'un air piqué. « J'ai rêvé cette nuit
» que je me promenais en carrosse
» doré, et que vous étiez derrière en
» livrée.

» — Le rêve est un peu fou, » dit Delong en faisant une grimace qui était à
peindre; « fou pour vous et pour moi.
» Avant que vous ayez un carrosse, et
» avant que j'aie perdu mes six cents
» vingt-trois livres de rente sur l'Hôtel-

» de-Ville, on verra bien du nouveau
» à Paris.

» — Peut-être ; » reprit Borgarelly,
enchanté de pouvoir enfin désoler cet
homme. « Il court de mauvais bruits
» sur les rentes de l'Hôtel-de-Ville.

» — Je suis tranquille, parfaitement
» tranquille ; c'est une chose sacrée.

» — Oui, jusqu'à ce qu'on y touche.
» Or çà, mon digne Monsieur Delong, »
poursuivit Borgarelly d'un air goguenard, « le cas échéant, qui serait le
» plus embarrassé de nous deux ?

» — Ce ne serait probablement pas
» moi.

» — Vraiment ?

» — Moi, voyez-vous bien , je ne me
» suis jamais pris pour un génie. Fils de
» bourgeois, je n'ai pas cru le travail in-
» digne de mes mains, et j'ai employé

» à faire ma fortune le temps que des
» cerveaux fêlés emploient à rêver.
» Quand l'Hôtel-de-Ville viendrait à nous
» manquer, nous avons encore plus
» d'une pièce d'or dans l'épargne.

» — J'en suis ravi, » dit Borgarelly en
affectant de sourire.

« — En vérité, si je m'étais vu, com-
» me se voient beaucoup de gens, sans
» état, sans ressources, sans terre sous
» les pieds, j'aurais perdu la tête.

» — Et c'aurait été vraiment dom-
» mage.

» — Mais revenons à vous. Je crois
» que je vous ai trouvé quelque chose.

» — C'est prendre bien du soin.

» — Un tapissier de mes amis a be-
» soin d'un commis pour écrire ses
» comptes; il lui donnerait la table et

» deux cents livres de gages. J'ai pensé
» aussitôt à vous.

» — Et vous m'avez nommé à cet
homme ! » s'écrie Borgarelly.

« — Quand je l'aurais fait, où serait
» le mal ?

» — Pour Dieu ! Monsieur Delong,
» quelle rage vous pousse à vous entre-
» mettre d'affaires où vous n'êtes point
» appelé ?

» — Mon cher voisin, votre situation
» me touche.

» — M. Borgarelly commis d'un ta-
» pissier ! » s'écria Nanine.

« —Mademoiselle, songez donc qu'il
» sera là plus heureux qu'un Roi. Pourvu
» qu'il ait quelques complaisances pour
» la maîtresse de la maison et pour ses
» enfans, et pourvu qu'aux grands jours
» de vente il donne un petit coup de

» main aux ouvriers, on le traitera plu-
» tôt comme un ami que comme un
» domestique. Il sera bientôt au fait ; il
» n'y a que le premier pas qui coûte.
» Quand j'irai le voir là-bas, sous les
» Piliers des Halles, il aura moins de
» fierté en tête, mais plus d'argent en
» poche, et je suis sûr qu'il me remer-
» ciera de ce que j'aurai fait pour lui.
» J'aurais bien voulu qu'on m'eût ainsi
» mâché le morceau quand j'arrivai à
» Paris.

   » —Monsieur Delong ! » dit Borgarelly
hors de lui. Mais Hortense le calma du
geste, et s'adressant à cet homme :

   « Monsieur, » dit-elle, « on sait le
» cas qu'il faut faire des préjugés de la
» naissance ; toutefois il est des choses
» auxquelles un homme bien né ne sau-
» rait se résoudre, et c'est presque lui

» faire outrage que de les lui proposer.
» Vous semblez vous exagérer à plaisir
» la situation de notre ami. Grâces au
» ciel il n'en est pas encore réduit à se
» mettre aux gages d'un marchand.

» — Eh ! Madame, l'argent d'un mar-
» chand est au même titre que celui
» d'un prince !

» — Vous oubliez, d'ailleurs, que
» M. Borgarelly pourra toujours trouver
» dans ses talens une ressource bien
» plus sûre et bien plus honorable.

» — Ses talens !... Je ne demande
» pas mieux assurément ; mais qu'en-
» tendez-vous par là ? Le premier talent
» c'est de vivre. »

Hortense s'apprêtait à répliquer,
mais Borgarelly, qui s'efforçait en vain
de se contenir, ne lui en laissa pas le
temps.

« —J'admire votre bonté, Madame,
» d'entrer en discussion avec monsieur!
» Ne voyez-vous pas bien qu'il n'est
» venu ici que pour m'humilier?

» — C'est bien mal me connaître,
» mon voisin.

» — Vous parlez de ressources, Mon-
» sieur, » reprit fièrement Borgarelly,
« connaissez-vous les miennes? Savez-
» vous que j'ai un frère conseiller au
» Parlement de Provence? que ma sœur
» est comtesse? Croyez-vous donc que
» ma famille me laisserait dans le besoin
» si j'y étais?

» — Hum! » dit M. Delong. « On exa-
» gère toujours un peu, même sans le
» vouloir, la position de sa famille. J'a-
» vais autrefois un oncle, sergent de
» ville, et j'en faisais, de la meilleure
» foi du monde, un lieutenant de Roi...

»Mais enfin si monsieur votre frère est
» conseiller au Parlement de Provence,
» pourquoi venir à Paris? Écoutez-moi
» avec calme, mon cher voisin. Quels
» sont vos projets? à quoi tendez-vous?
» Jusqu'ici je n'ai vu chez vous qu'irré-
» solution et vagues désirs. Vous voulez
» faire votre chemin! rien de mieux; j'y
» donne les mains; mais à quoi voulez-
» vous parvenir? Avez-vous l'espoir de
» devenir maréchal de France? M. Fa-
» bert a prouvé qu'on le pouvait sans
» être gentilhomme; en ce cas prenez
» vite du service. A l'exemple de feu
» M. Colbert, voulez-vous devenir con-
» trôleur-général? montrez votre visage
» dans les antichambres des fermiers
» généraux; tâchez de connaître la maî-
» tresse d'un de ces messieurs; intri-
» guez, sollicitez, et, Dieu aidant, vous

I.   9

» nous pourrez travailler en finances.
» Mais est-ce en restant les bras croisés
» et en disant : Je parviendrai, qu'on
» arrive à quelque chose ? Un jour mon
» fils sera peut-être évêque; s'il n'avait
» pas étudié en théologie, pourrait-il
» jamais prétendre au moindre béné-
» fice ?... Allons, allons, » poursuivit-
il en le prenant par le bras, « ne faites
» pas l'enfant, et venez chez mon tapis-
» sier. »

A part la secrète envie de tourmenter Borgarelly, il y avait du bon dans
le discours de cet homme. Ses conseils
étaient pleins de sens; aussi ne restait-
il au jeune Marseillais, qui voyait son
irrésolution percée à jour, qu'une seule
ressource, celle de se fâcher. Il en
usa.

«— Sortez, Monsieur, sortez de chez
» moi, » cria-t-il, « et gardez-vous d'y
» remettre jamais les pieds. C'est avoir
» trop long-temps souffert vos imperti-
» nences.

»— Eh, mon Dieu ! on s'en va, » dit
Delong un peu surpris de cette brusque
attaque. « Mais vous me regretterez
» un jour. J'en appelle à Madame, »
poursuivit-il en prenant son chapeau
et en se levant. « Qu'ai-je dit qui ait
pu...?

»— Toute explication serait inu-
» tile.

»— Je le répète, » poursuivit l'obstiné
voisin, « le monde ne va pas comme on
» se l'imagine. Quand on est meunier
» il faut rester au moulin. On perd tou-
» jours à vouloir sortir de sa condition,

» et... Mais je m'en vais, je m'en vais. »

Borgarelly furieux, ferma brusquement la porte sur lui.

CHAPITRE VIII.

—

La Misère.

. . . . . Macie confecta supremâ,
Ignoti nova forma viri, miserandaque cultû,
Procedit.

VIRG.

Qu'a donc Jacques Borgarelly ?...
Son front est soucieux ; ses yeux ternes
et caves ont quelque chose de farouche.
Depuis trois jours il garde un morne
silence, ou ne répond qu'avec impatience aux questions qu'on lui adresse.
Ses actions se démentent presque toutes ; lui seul en a le secret. La nuit, des
rêves pénibles agitent son sommeil.
Une idée fixe semble le poursuivre. Se-

rait-ce que son ambition, n'ayant pas
trouvé d'aliment, le mine et le con-
sume? Serait-ce plutôt que, comme
tous les hommes qui ne peuvent pas ce
qu'ils veulent, il commence à désespérer de sa destinée?

Une illusion déçue n'a pas tant d'in-
fluence sur le caractère d'un jeune
homme, et peut-être à cet âge ne se
laisse-t-on jamais décevoir complètement de ses illusions. Lui, qui a sup-
porté sans s'émouvoir la perte de sa
fortune, les dédains d'un frère, l'in-
différence de ses amis, verrait tomber
toute son énergie devant quelques vagues projets contrariés, quelques vains
rêves perdus ! Que serait donc devenue
cette confiance en l'avenir si vaste, si
illimitée?... Il faut qu'une grande souf-
france ait passé par cette âme ardente

pour qu'elle soit à ce point abattue.

Si vous ne l'étudiez pas avec une constante attention tout devient mystère. Il est des momens où cette jeune Nanine, la joie de sa vie, lui semble odieuse ; il lance sur elle de sombres regards. D'autres fois il l'accable de caresses, et ses yeux se mouillent de larmes involontaires. Sort-il, sa démarche est tantôt lente, tantôt précipitée; il ne se plaît qu'aux lieux solitaires, et là, son front pensif caché dans ses deux mains, il se livre à de longues et tristes méditations. Le bruit d'un carrosse, le spectacle de la joie, lui sont importuns; des paroles amères s'échappent de sa bouche, et il s'éloigne brusquement. Si un mendiant vient, au nom de Dieu et en tendant la main, lui demander l'aumône, il tressaille, et il s'éloigne plus brusquement encore, comme s'il craignait que le contact du misérable ne l'infectât de malheur.

Voyez-le : sa barbe est négligée, ses vêtemens sont sales et mal en ordre ; une lente exténuation a creusé ses pâles joues ; son regard distrait vous évite, il n'a plus de sourire pour répondre au vôtre.... Qu'a-t-il donc ?... Une misère horrible, hideuse, cette misère qui semble n'avoir pas de terme possible, et ne laisse pas même à l'âme assez de force pour le désespoir, s'est atta-chée à lui comme une lèpre dévorante. Ce carrosse, cette joie l'importunent, parce qu'ils lui rappellent des jours meilleurs ; s'il fuit ce mendiant, c'est qu'il sent son cœur frémir à l'idée qu'un jour peut-être, à cette même place, la main qui ne peut pas donner aujourd'hui sera forcée de demander!...

Oh ! que de fois il se surprend à souhaiter d'être né dans une classe obscure, d'avoir reçu de son père un métier pénible, au lieu de cette vaine éducation qui ne lui est d'aucune ressource contre les tourmens de la faim !... Mais quoi ! n'est-il pas temps encore de mettre bas cette fierté qui lui a déjà attiré tant de maux ? Ne fléchira-t-il jamais devant la nécessité ? Hélas! il n'est plus capable d'une résolution énergique ; un seul soin l'occupe, c'est de cacher son malheur à tous les yeux.

Il est surtout un homme dont il voudrait tromper les regards clairvoyans. Il lui semble que si sa misère était ignorée de M. Delong, elle lui serait facile à porter; il évite soigneusement son approche; il s'étudie à ne pas sortir, à ne pas rentrer aux mêmes heures; vaine précaution! M. Delong se trouve toujours sur ses pas. Il essaie alors de lever fièrement la tête, de donner à son visage un air de joie et de bonheur; mais tout le trahit, tout l'accuse.

Ce matin il s'est allé placer sur le Pont-Neuf, au lieu où il rencontra Nanine. Les deux coudes appuyés sur le parapet, il est resté plus d'une heure à suivre de l'œil le fil de la rivière; une étrange pensée a dû passer par sa tête, car il a fait un geste terrible, et il s'est arraché aussitôt à ce spectacle. Quand il a regagné sa demeure, la pluie tombait par torrents; les rues étaient désertes; chaque passant avait cherché un lieu de refuge; on eût dit, tant ses pas étaient lents, qu'il trouvait du charme à cette désolation de la nature. Arrivé chez lui, il a gravi rapidement les marches de l'escalier ; déjà même il pressait le bouton de la porte, et il se félicitait d'avoir pu échapper à une rencontre avec M. Delong, lorsque M. Delong a passé près de lui, et fourrant sa main droite dans la poche de sa culotte de velours, a longuement fait tinter l'argent qu'elle renfermait. Borgarelly a jeté sur cet homme un regard de colère et de mépris, mais cet homme avait porté coup.

« — Eh bien ! quelles nouvelles ? » demanda Hortense à Borgarelly en le voyant entrer.

« — Aucune, » répondit Borgarelly en se jetant sur une chaise.

« — Qu'avez-vous ? Vous êtes agité.

» — Je n'ai rien... Le misérable ! »

murmura-t-il entre ses dents. « Il s'en
» repentira !... Où est Nanine? » reprit-
il en la cherchant des yeux.

» — Nanine? » dit Hortense en hési-
tant. « Elle est..., elle va revenir... Mais
» qu'avez-vous? que vous est-il arrivé?

» — Eh ! que me peut-il arriver? Est-
» ce du bonheur que vous attendez? Est-
» ce du bonheur qu'il vous faut? Alors
» ne vous adressez pas à moi.

» — Calmez-vous, mon ami.

» — Être insulté par un Delong, un...
» misérable qui se fût estimé heureux,
» il y a un an, d'être reçu à la table de
» l'intendant de mon père !... Oh ! oui,
» les hommes ont raison qui courent
» après la fortune. C'est peu de chose
» que de l'avoir, c'est tout que de ne
» l'avoir pas... Eh bien ! quand vous
» m'aurez regardé une heure durant,

» en serez-vous plus avancée ? Mon vi-
» sage est, en effet, une chose bien cu-
» rieuse !

» — Mon Dieu ! Borgarelly, de quelle
» humeur vous vous rendez !

» — Ne faudrait-il pas emmieller mes
» paroles quand j'ai l'enfer dans le
» cœur ?

» — Mon ami, ce temps d'épreuve
» passera.

» — Non, il ne passera pas. C'est
» moi, moi qui vous le dis... Je n'ai plus
» d'avenir. Je l'ai détruit à plaisir et de
» mes propres mains. Je suis moi-même
» mon bourreau. »

Il se leva, et les deux bras croisés sur
sa poitrine, la tête basse, il se mit à se
promener lentement dans la chambre.

« — Dans quel guêpier me suis-je
» jeté !... » reprit-il. « Sotte et ridicule

» faiblesse! pressentimens trompeurs!

» — Que vous êtes cruel! » dit Hortense en fondant en larmes.

« — Vous êtes bien heureuse de pou-
» voir pleurer!... Et encore que sont
» vos chagrins de femme au prix des
» miens? Vous n'avez que les privations
» de la misère; j'en ai tous les tour-
» mens, toutes les angoisses. C'est sur
» moi que pèse le soin du lendemain...
» Oh! » dit-il à demi-voix et avec un
accent de rage, « que ce poids serait
» léger si j'étais seul!

» — Si nous sommes un obstacle à
» votre bonheur, dites-le, Borgarelly;
» nous partirons aussitôt.

» — Il est bien temps! » murmura-
t-il.

« — Je n'aurai qu'un regret, c'est de
» vous avoir mal jugé!

» — Mal jugé ! »cria-t-il avec colère;
« en quoi donc ? Dites si je ne vous ai
»pas fait assez de sacrifices, si jamais
»un mot est sorti de ma bouche qui ait
»pu blesser votre délicatesse ?

» — Hélas ! »dit Hortense en baissant
la tête, « que faites-vous en ce mo-
»ment?

» — Eh! croyez-vous que j'aie l'es-
»prit assez libre pour mesurer mes pa-
»roles ? »répondit Borgarelly d'un air
demi fâché, demi honteux.

«— Est-ce là être homme? »dit vivement Hortense. « Quoi! au premier re-
»vers votre âme succombe! Regardez
»donc autour de vous; voyez s'il est
»beaucoup de gens qui refuseraient
»d'échanger leur position contre la
»vôtre ?... Désespérer de tout quand on
»est si jeune! si plein d'avenir !

»—Oh ! oui, oui, » s'écria Borgarelly
dont les yeux s'animaient de joie, « voilà
» les paroles qu'il me faut dire, voilà
» les paroles que je vous demande... De
» grâce, pardonnez-moi ce moment
» d'humeur. Je souffre tant à vous voir
» souffrir, que dans mon dépit je ne sais
» à qui m'en prendre. »

Il s'assit alors près d'Hortense.

« Votre Nanine est un ange, » lui
dit-il.

»— Un ange, » répondit Hortense
avec un sourire de mère ; « mais vous
» la gâterez par vos éloges.

»— Que le ciel m'en préserve!...
» Mais, je vous en prie, je vous en con-
» jure, ne lui parlez jamais de mes pro-
» jets. Elle s'accoutumerait trop à l'idée
» qu'elle doit un jour m'appartenir ;
» elle finirait peut-être par ne voir dans

» notre union que l'accomplissement
» d'un devoir. C'est de son amour et non
» de son amitié que je veux tenir mon
» bonheur.

» — Son amour ! » dit avec émotion
Hortense qui s'était troublée dès les
premiers mots de Borgarelly.

« — Vous soupirez, Madame !

» — Moi ?... vous vous trompez. Je
» suis calme, » répondit-elle en affectant de sourire.

« — Si vous saviez quel plaisir j'é-
» prouve à épier ses pensées les plus in-
» times, les plus secrets mouvemens
» de son cœur ! J'aime à étudier cette
» âme si candide et si pure, j'aime à me
» figurer son trouble, sa surprise, quand
» elle pourra s'interroger, quand elle
» pourra se rendre compte de ses senti-
» mens. Ah, Madame !... pardon, »

I. 9.

reprit-il d'un air flatteur, « mais je ne
» pourrai jamais me faire à vous appeler
» ma mère. Ce mot aurait mauvaise
» grâce dans ma bouche. A vous voir
» on ne le croirait pas.

» — Quelle tête ! » pensa Hortense.
« On dirait que les émotions les plus
» tristes comme les émotions les plus
» douces passent par son cœur sans y
» laisser de trace !... Et pourtant quel
» ami plus sûr, plus généreux !

» — Nanine n'arrive pas, » reprit Borgarelly.

» — Elle a toutes vos pensées, » dit
Hortense avec un sourire contraint.

» — Il est vrai. Je languis quand je
» suis un seul moment sans la voir; il
» me semble qu'il me manque quelque
» chose; tout m'importune, tout me
» contrarie.

» — Qu'elle soit heureuse ! » murmu
ra Hortense.

« — Elle le sera, Madame, je vous
» jure qu'elle le sera. Je l'entourerai de
» soins, de plaisirs, d'hommages. Je
» veux, quand je la conduirai en Pro-
» vence, qu'elle éclipse par le luxe de
» ses habits ma sœur elle-même, cette
» fière et hautaine comtesse... » Il s'arrêta tout-à-coup, et poussant un soupir :
« Hélas ! » dit-il, « ce temps est peut-
» être bien loin encore !... Viendra-t-il
» jamais ?

» — Quelle idée !... »

Borgarelly ne répondit rien. Il lança
un rapide regard autour de lui, baissa
la tête et rougit ; puis, prenant un air
résolu, il ôta à moitié son habit.

« — Tenez, » dit-il.

« — Pourquoi donc ?

» — Voilà de quoi vivre encore quel-
» ques jours.

» — O mon ami! quel malin génie
» vous pousse à vous tout exagérer?

» — Prenez, prenez, » cria Borgarelly
avec rage. « Chaque minute d'hésita-
» tion accroît l'horreur de ce funeste
» moment... Prenez,... et je n'y pense-
» rai plus. Prenez donc. »

En ce moment Nanine entra en fre-
donnant une chanson. Elle portait un
grand panier sous son bras gauche.

«— Eh bien! eh bien! Monsieur! »
dit-elle, « vous ne me venez pas aider
» à déposer mon fardeau!... Dieu! quel
» air de colère!... Est-ce que vous êtes
» fâché contre moi?

» — Nanine, » dit Borgarelly d'un
ton sévère et en montrant du doigt les

provisions que renfermait le panier,
« d'où vient tout cela ?

» — Probablement de chez les mar-
» chands qui me l'ont vendu.

» — Mais l'argent, l'argent...? » reprit
Borgarelly en frappant du pied.

L'enfant allait répondre ; mais à un
signe que lui fit sa mère, elle balbutia
quelques mots sans suite. Borgarelly,
frappé d'une idée soudaine, ouvrit la
crédence où Hortense avait coutume
de serrer ses hardes. La crédence était
vide. Alors il mit ses deux mains sur ses
yeux, et il sortit comme un désespéré.

FIN DU TOME PREMIER.

BIOGRAPHIE
UNIVERSELLE CLASSIQUE,
OU

Dictionnaire historique portatif, contenant, par ordre alphabétique, des articles sur l'histoire générale des peuples, sur les ordres religieux, les sectes religieuses, les batailles mémorables, les grands évènemens politiques, et particulièrement la nécrologie des personnages célèbres de tous les pays et de tous les temps, et des auteurs connus, en quelque genre que ce soit, avec l'indication de leurs principaux ouvrages, des différentes éditions et traductions qui en ont été faites, etc., etc.,

Ouvrage entièrement neuf;

(*Voyez la suie au tome deuxième.*)